JN313557

瓦礫の下から唄が聴こえる

山小屋便り

佐々木幹郎

みすず書房

瓦礫の下から唄が聴こえる　目次

Ⅲ

写真（特記以外）　佐々木幹郎

瓦礫の下から唄が聴こえる　山小屋便り

I

未来からの記憶

生命を語る言葉――はじめに

二〇一一年は阪神淡路大震災が起こってから、ちょうど十六年目になります。あのとき私は東京にいました。この神戸から直線距離にしてほぼ四三四キロありますが、東京で明けがたの揺れを感じました。それから十六年目。わたしは東京に住むようになってから四十年が経ちますが、いままで経験したことのない初めての激しい揺れに襲われました。三月十一日十四時四十六分に起こった東日本大震災です。震源地の宮城県沖との距離は、ほぼ三七五キロでした。揺れが始まった当初、震源地がわからなかったので、東京直下型地震がついに来たか、と覚悟をしたほどでした。この日の大きな揺れ、そしてその後東京をはじめとする関東圏にも襲ってきたさまざまな被災状況が三月、四月、五月とつづき、十一月下旬になったいま、ひと息ついているかのように見えるものの、東北現地ではまだまだ辛い状況がつづき、放射能汚染の問題はますます何が起こるかわからない状況になっています。

三月十一日以降、さまざまなことを考えました。詩を書く人間としてではなく、ひとりの人間としてどう考えるかを問いつめられました。驚くほど日々状況が変わっていく、昨日考えていたことが今日通用しなくなる、そういう状況がつづきました。五月以降、七月までのあいだ、それがだんだん緩やかになりました。私は七月に初めて東北に向かい、八月、九月にも行きました。その過程においてゆっくり私のなかで変化していったものの考え方を、今日はみなさんにお伝えしたいと思います。

東日本に住んでいることと、西日本に住んでいることがかくも違うのかと、三月十一日以降、痛切に感じています。それは阪神淡路大震災のときに、この神戸で皆さんが、神戸はこんなふうに悲惨な状況になっているのに東日本は何を考えているのかと怒った、それと同じことが、今度は逆の様相で起きているということです。

「生命を語る言葉——3・11以後」という今日の講演の題を決めたのは九月でした。そのときはこの題がふさわしいと思いましたけれども、いまは違う題のほうがいいかなと思います。そのため、副題を「未来からの記憶」としました。その副題に即してお話しします。

なくなるものを追いかけるということ。建物も人間も、言葉も音楽も。これらはいつか必ずなくなります。それを追いかけるということ。消えるものを追いかけるというのは、過去をつなぎとめようということよりも未来からの記憶をとどめようとすることだと考えたほうがいいのではないか。

先ほどこの建物の前のベンチに坐っていたのですが、ああこれと同じような状況が十六年前にあったなと思いました。

阪神淡路大震災から一週間後、瓦礫の塊となった神戸を初めて訪れたときに、いろんなところで人がうずくまっている姿を見ました。そしてホームレスの人たちが最初のあいだ、とても活発に活躍していた。神戸の人たちの多くが家を失ってしまいましたが、もともとホームレスだった人たちは、自分たちのほうが先輩ですから、神戸市役所のなかでも段ボールの組み立て方とかその処理の方法とか、いろんなことを教えていた。瓦礫の上に坐っていると、釜ヶ崎から歩いてきたというホームレスの人が、腕に巻いた手拭いに赤十字のマークを自分で書いて、「ボランティアに来たんだ。素人は段ボールの組み立て方さえも知らないから、おれが教えに来ているんだ」と、私の横で煙草を吹かしながら教えてくれたりしました。

あのようなアナーキーな世界は、神戸では一ヵ月ともたなかった。すぐもとの秩序にどんどん戻っていきました。しかしそういう思い出も、いま神戸に来て同じようにベンチに坐ったとき、ふっと甦ってくる。そのときの痛烈な感触というのは、あの時点において未来からの記憶としてやってきたものだったのだと気がつきました。

そしていま現在、私たちが三月十一日以降、日本で考えていること、そのどのような考えもすべて未来において過去の記憶としてとどめられるべきものであり、いま私たちが未来に向かって目を向けるとき、未来からの記憶のなかを歩いているのだと考えたほうがいいのではないか。そういうふうに思います。

大津波と放射能――書くことの本能

「私」というパーソナルな感情をいっさい表に出さずに表現する方法があります。しかし、3・11という事態はそのことを許さなくしたのではないでしょうか。

そんなことはない、「私」は3・11の被災者ではないから、震災をめぐる言葉をつむぐことはできないし、そのことについては表現しないという考え方もいっぽうでは成立します。しかしそういう人もふくめ、この八ヵ月のあいだ、徐々に東北の被災状況がトラウマのようにこびりついて、大きくなった疑問があるように思います。どこに「私」を隠す場所があるのか？　と。

私たちが言葉を扱って作品をつくるとき、その作品は自分というものから外側へ出るあがきのようなものです。作品は「私」といったん切れたかたちで、どこか別の場所に移したフィクションの塊として成立する。それが作品となる。どこかへ置いておく、それを読者に読んでもらう。どこかへ置いた瞬間、「私」とは関係がなくなる――作者と作品の関係はそのようなものだと私は考えてきましたし、そのことに間違いはないように思います。

しかしそのどこかに置く「私」が3・11の事態や東北の三陸地方、福島第一原発のことを見守ろうというとき、どこか別の場所に置いておく「私」そのものを、もう隠すことができなくなってしまった、その場所はなくなってしまったということを痛切に感じます。それはすべての防波堤を大津波が越えたように、あるいは放射能が見えない恐怖として日本に降り注ぐように、「私」のうえに大きな疑問としてふくらみつづけています。

私は3・11以降、本能的に詩を書きました。なぜ本能的に書いたのだろうか。私は自然が突きつけてきたものに向かって書いたように思います。そのことに早いほうがいい、ということも、遅いほうがいい、ということもないのだということ。そんなことを考える前にもう書いてしまった私がいました。

そして出来上がったものが作品として、いいか、わるいか、他者からどのように批評されようが、そんなことはどうでもいい。このどうでもよいと言わしめる気持ちが書き手のなかに生まれたとき、それを書くことの本能と呼んで間違いではないのでしょう。

このことは、3・11という突発的な出来事でなくても、詩が生まれるとき、誰もがつねに経験していることです。しかし3・11はそのことを、これまでにないほど鮮明に、本能そのものの姿を呼び覚ましました。それは私が詩を書き始めた十代のときに戻るような感触と、不安と怖さのなかでの出来事でした。一篇書くたびに自分の力のなさに絶望しました。詩を書くことの「不自然さ」、そのことにおびえながら、なお表現することの罪を引き受ける理由があるとしたら、それは何なのか。

3・11という問題、この東日本大震災とそれにつづく放射能汚染という問題は、自然が突きつけてきた人間への大きな疑問符でもあり、それがあまりに大きくあまりに鮮明だったから、いつもそうであるように、書くことの不自然さに抗してものを書いたのですが、その足元の空虚さに愕然と

［写真１］気仙沼市魚市場（2011年９月）

したわけです。そのことを通して、言葉を扱う人間は、この大きな疑問符に向かって言葉で応えようとする本能にさらされたように思います。

ひとは恐怖とゆっくり親しんでいく

東北に夏から秋にかけて何回か行きました。写真１は八月末から九月初めに行ったときの気仙沼の魚市場の風景です。気仙沼は現在もこの状態がつづいています。大津波によって地盤沈下が少しずつ進んでおり、九月一日の段階で、海岸地帯の都市部は七〇センチから一メートルの地盤沈下です。ですから復旧工事が進んでいても、大潮が夕方に襲ってくると、このように鏡のような状態で水に浸かってしまいます。この気仙沼の魚市場は長く閉鎖されていたのですが、この時期にはカツオとサンマをとる漁船が入ってくるようになりました。しかし、夕方になると場内の半分が水に浸

［写真２］動画「気仙沼湾に押し寄せる大津波が湾内を回流する様子」より

かります。画面の左端のところに点々と黒い横線が連なっていますが、あそこが岸壁です。魚市場の地盤沈下は約一メートル。だから岸壁のブロックを越えて海水が流れてきます。それでも魚の水揚げが行われ、場内で競りはつづけられていました。

ここで、三月十一日十四時四十六分に東日本大震災が起こった直後、気仙沼を襲った第一波の大津波の映像を見ていただきます（写真２）。産経新聞のウェブの読者投稿動画欄を検索すれば、いまも見ることのできる映像（http://photo.sankei.jp.msn.com/movie/data/2011/0325tsunami/）ですが、海岸より約二〇メートルほど上の魚町三丁目の高台から撮られた七分四十六秒の映像のなかで、いったいどういう声が発せられているのか、この声に注目してください。

地震が起こってからほぼ三十分後の映像です。

この映像がインターネットに投稿されたのは三月二十五日でした。その日から現在まで、私はこの映像を何回も何回も見ました。被災地の方々がビデオで撮った映像はYouTubeなどでたくさん見ることができますが、この映像が人の声をいちばんよくとらえています。災害が起こった瞬間の人間はどう動くのか、どういう声を発するのか、映像を見ながらそのことを考えました。

人間は恐怖に直面したときに、ゆっくりとその恐怖と親しんでいく。この映像からはそのことがよくわかります。いくつかの言葉を文字化してピックアップすると、

「ええーっ、ちょっと、みんな早く逃げなきゃ」

「夢じゃないよねえ。ええーっ、ちょっと何これ！」

「あそこに人がいる！」

「ええーっ、何これっ」

「すごーい！」

「ちょっとー！」

まだこのときは電気が通ってましたので、気仙沼市の広報が拡声器から聴こえてきます。

「気仙沼市からお知らせします。現在、大津波警報が出されております」

気仙沼の人たち、および三陸地方の人たちはほとんどの方が津波の経験をしています。小さなチリ地震津波は二〇一〇年もあり、もっとも大きなチリ地震津波は昭和三十五年（一九六〇）にありました。津波でいちばん怖いのは引き潮だということを地元の人たちはおっしゃいます。大きな津波が襲ってきたあと、ざーっと海の底を引きさらうようにして沖へすべてを引き込んでいく。被害はこのときにいちばん大きく出ます。東日本大震災では、これが三回以上も来たわけです。

九月末に地元で聴いたのですが、その三回の引き潮のとき、三陸のいくつかの漁港で湾の底が見えた。昭和三十五年のときには、大船渡でも陸前高田でも沖へ向かって歩いていけた。そのときの湾の底は真っ白だったと。湾の底が真っ白だったのは、ホタテ貝などの白い貝殻が溜まっていたからですね。

今回の引き潮のときには、気仙沼よりもっと小さな漁村で聴いたのですが、そこでは湾の底が真っ黒になっていたらしい。ヘドロが溜まっていたんです。昭和三十五年のチリ津波のときには、湾の底で魚がぴちぴちとはねていて、人が獲りにいったようです。しかし、そうやって魚を摑みにいった人たちは、第二波の津波が来たとき溺れて死んだということです。私と同じ六十代の人たちは小さいときにそういった経験をしています。いまの三陸の子どもにも親からそういう話は伝えられている。地震があったあとに津波が何回か来る、その恐ろしさについては三陸では代々、口頭伝承されているわけです。だから過去と比較することができる。

「チリ地震よりすごい」

そして、二回目の津波がやってくる。

「ああ、あれあれ、すごいのが来た！」

「油流れてる！　油！」

「ほんとだ。ああーっ」

次に聴こえてきた「お父さん、お父さん！」という叫び声は、この動画のいちばん最初に「夢じゃないよねえ」と言った主婦の声です。「何なんだ、これは。何なんだろう！　ほんとに」という声が何回も聴こえますが、これはビデオカメラを回していた人の声です。自分が記録としてとどめようとしているこの映像を、誰かほかの人が見るときのために、ナレーションとしてしゃべっている口調ですね。カメラの横にいたと思える人の、「全部終わりだ。チリ地震どころじゃねえ」という声も聞こえてきました。

これらの第一波の津波が起こったとき、現地にいた人たちの声の重なりを通してわかるのは、私たち人間は、まずこれが現実のものとは思えない、と感じるということ。「夢じゃないよねえ」という言葉が象徴的なように、まだよそごとです。もちろん彼らが建っている高台から二〇メートル下では、気仙沼湾を回流する大津波がほとんど洗濯機のなかの渦のように、すべてのものを壊していく。ゆっくり津波が流れているように映像では見えているのですが、万力で締めあげるような巨大な力で、人も家も押し流してつぶしていったわけです。

声というのはなんでしょうか。私たちはこの最初の恐怖にゆっくり親しんでいく人間の声を聴いたあと、さらに日を重ねるにつれて、つぎつぎと別の声を重ねて聴く経験を持ちました。私は3・11以後、東北の声をもっと聴きたいと思いました。東北弁で、福島弁、宮城弁、岩手弁で、現地のアクセントで東北の声を聴きたい。現在、生きている人の声もそうですが、かつてこの土地に生まれた人が文字に書き記したもののなかからも東北の声を聴きたい、痛切にそう思いました。

東北の文化は、日本の文化のなかで三分の一ほどの重さを秘めているように私は考えていましたが、その東北の文化がえぐりとられていっている。私はいま六十四歳ですけれども、自分が死ぬまでのあいだに、放射能汚染によって二度と入ることのできない土地ができてしまった。地震と津波だけであれば、東北の三陸地方は過去から現在まで何度も経験があり、たくましく復興と復活を繰り返してきました。ただそこに放射能という初めての経験が重なり、完全に復興するまでには数十年、あるいは百年かかることになる。当然、私が生きているこの時間帯のなかではとても解決することはできない。この負の遺産は、すべて未来の子どもたちに残されます。

現在私たちは、そういう意味でも未来から試されていると思います。現在の東北の声、ここで消えてしまった文化もふくめ、その声を聴きたいと思いましたし、いまも思いつづけています。

コトバはダイアローグから始まる

そのとき、聴くというのはどういうことなのか。ここで哲学者の鷲田清一さんの『「聴く」ことの力――臨床哲学試論』という本からいくつかの言葉をピックアップしてみます。この本は阪神淡路大震災を契機に書かれています。阪神淡路大震災のあと、彼は「臨床哲学」という哲学の新しい領域を創ったのですが、その「臨床哲学」が成立する前提条件が書かれています。

「聴く」というのは、なにもしないで耳を傾けるという単純に受動的な行為なのではない。それは語る側からすれば、言葉を受けとめてもらったという、たしかな出来事である。

（鷲田清一『「聴く」ことの力』）

語る、諭すという、他者にはたらきかける行為ではなく、論じる、主張するという、他者を前にしての自己表出の行為でもなく、「聴く」という、他者のことばを受けとる行為、受けとめる行為のもつ意味。

（同前）

「他者のことばを受けとる」ことと「受けとめる行為」の重要性に触れた箇所です。言葉というのは、それが新しく生まれるときはモノローグではなく、ダイアローグからです。これは哲学の領域では、ソクラテスの産婆術がそうですね。その原初的な光景にもう一度もどって考えようとしています。聴くためには相手に向かわなければなりません。では、「向かう」というのはどういうことでしょうか。小林秀雄は『考えるという事』のなかで、こんなふうに言っています。

「むかふ」の「む」は身であり、「かふ」は交わらであると解していいなら、考えるとは物に対する単に知的な働きではなく、物と親身に交わる事だ。物を外から知るのではなく、物を身に感じて生きる、そういう経験をいう。

（小林秀雄『考えるという事』）

「聴く」というのは他人に向かうことです。鷲田清一さんはこれを受けて、エマニュエル・レヴィナスの『他者のユマニスム』のなかに書かれた言葉を紹介しています。

他人によって苦しむこと、それは他人を負担し、他人を支え、その代わりとなり、他人によって衰弱させられることである。反省された態度としての、隣人に対する一切の愛あるいは憎悪は、それに先立つこの傷つきやすさ、すなわち慈悲、《臓腑からのうめき声》を仮定している。感受性があるや否や、主体は他者のためにあり、すなわち身代わり、責任、償いである。しかし、それは、いかなる瞬間においても、いかなる現在においても私が引き受けたわけではないような責任である。私の自由以前にあるこの問い糺し……、この明け放し以上に受動的であるようないかなるものもない。

（レヴィナス『他者のユマニスム』小林康夫訳）

他人の声を聴く、他人の苦しみを引き受けようとする、その他人を支えようとするという受動性がいったい何であるかについて、レヴィナスはそのように考えています。

そしてそれを受けて鷲田清一さんは、レヴィナスが言っていることのなかでいちばん大事なのは、

自他を俯瞰するような第三の視点――レヴィナスはこれを「全体性」の視点と見る――によって可能になる自他のむすびつきは、断じて他者のとの関係ではない。（鷲田清一『「聴く」ことの力』）

というふうにまとめています。誰かの声を聴く、東北の声を聴くと先ほど私は言いましたけれども、聴くというのは他者とコミュニケートする、関係を持つということです。人間がほんとうにその関係を持とうとしたとき、「自他を俯瞰するような第三の視点」、高所において他者と自分を見下すような視点というのは成立しない。他者を諭したり、他者にみずからの論を主張したりするのではなく、他者の言葉を聴き、聴きながら考える。三月十一日以降、私がやろうとしたこともそのことだったように思います。ゆっくりと私はそれを進めようと思いました。

「聴くこと」について、かつてドイツの詩人ノヴァーリスはこういう短い詩で表現しました。

総ての見えるものは見えないものに、
聴えるものは聴えないものに、
感じられるものは感じられないものに附着してゐる。
恐らく考へられるものは考へられぬものに附着してゐよう。（ノヴァーリス『断章』渡邊格司訳）

重要なことだと思います。私はドイツ語をよく解しませんけれども、このときの「附着」という言葉はなかなか日本語に訳せないドイツ語の単語であるらしく、原文に即していろいろと辞書を引きますと「粘りつくようにくっついている」というニュアンスがあるそうです。これを「附着」という言葉以外の言葉で翻訳したほうが詩の場合はいいのだろうけれども、いい訳語は現在のところこれしかないようですね。

東北を聴く、これは耳に届く声を聴くということだけではなくて、私たちの耳に直接は届かない、聴こえないもののなかにあるものを聴こうとすること、見えないもののなかに付着しているもの、こびりついているものを見るということです。わたしたちに考えられないものは数多い。しかし考えるということは、その考えられないもののなかに「こびりついている」としか言いようのない状態で、大きな疑問符としてあるものを、言葉で探し出すことだ。私たちはそこから一歩ずつ考える手がかりを求め、そしてその方向に向かって歩いていきたい。

同じことを、中原中也が昭和九年に出した詩集『山羊の歌』の最終章にある詩のなかで言っています。

死の時には私が仰向かんことを！
この小さな顎《あご》が、小さい上にも小さくならんことを！

それよ、私は私が感じ得なかつたことのために、
罰されて、死は来たるものと思ふゆゑ。

（中原中也「羊の歌」、『山羊の歌』所収）

私は若いときにこの詩を読んで、なんという大げさなことを言う人だろうと思いました。しかし年をとるにつれ、中也の詩を読み返してその考えを改めました。また今回の3・11以後、中也のいくつかの詩篇を思い出しては、その詩句に震撼させられる思いをしました。そのひとつがこの箇所です。

「私が感じ得なかつたことのために、罰されて、死は来たる」と言うとき、おそらく中也は倫理としてではなく、感覚の問題としてこのように言っていると思うのですが、ここで言われていることは、ノヴァーリスの詩のなかの「聴えるものは聴えないものに」「附着してゐる」という考え方とまったく同じだと思います。私もそういうかたちで東北を聴きたい。

人間の正念場がここに

もう少し考えてみます。こんな言葉が「毎日新聞」の二〇一一年七月九日朝刊の記事にありました。「お墓にひなんします」という見出しのなかで、福島県南相馬市の緊急避難準備区域に住んでいた九十三歳の女性が自殺したという記事があり、そこに彼女の遺書が載っていました。小さなメモに鉛筆で書かれていたようです。

このたび3月11日のじしんとつなみでたいへんなのに　原発事故でちかくの人達がひなんめいれいで　3月18日家のかぞくも群馬の方につれてゆかれました　私は相馬市の娘〇〇（名前）いるので3月17日にひなんさせられました　たいちょうくずし入院させられてけんこうになり二ケ月位せわになり　5月3日家に帰った　ひとりで一ケ月位いた　毎日テレビで原発のニュースみてるといつよくなるかわからないやうだ　またひなんするやうになったら老人はあしでまといになるから　家の家ぞくは6月6日に帰ってきましたので私も安心しました　毎日原発のことばかりでいきたここちしません　こうするよりしかたありません　さようなら　私はお墓にひなんします　ごめんなさい。

七月九日の朝、この記事を読んだとき、一瞬涙が出ました。しかしこの新聞記事を何度も読み直しているうちに、この九十三歳のおばあちゃんの心持ちが、だんだんわかってくるようになりました。避難所へ行くのが嫌だ、そこへ行くよりはお墓に入るほうがいい。「お墓にひなんします」という言葉が出てきたときに、この「ひなん」という言葉はいろんな重層的な意味をふくんでいるように思えます。ひょっとしたら、とある時点で考えました。このおばあちゃん、最後にすごいユーモアを残したのではないか。家族に向かって安心させるように、ということもあるのでしょう。「私は楽になるのよ」という意味をふくめ、そして同時に「私のことは心配しないで」ということの代わりに、「お墓にひなんします」という言葉を彼女は編み出したわけですね。最後のジョーク。これは悲しみや悲嘆の言葉ではなくて、たくましいジョークだというふうにも、長い時間をかけてから、少しずつ考えるようになりました。

「3月18日家のかぞくも群馬の方につれてゆかれました」。遺書にはこういう言葉がありますが、南相馬市の人たちが群馬県のいくつかの土地に避難されたことを私は身近に知っています。私は群馬県の浅間山のふもとにある嬬恋村に山小屋があるので、月に二回ほど、週末になるとそこに滞在しています。村の人たちといっしょに山小屋を維持しているのですけれども、その村のまわりにも南相馬市の人たちがたくさん避難してきました。しかし、嬬恋村の私の山小屋のある地域はあまりにも山奥なので、最初は私の知り合いの旅館も一軒に五、六人を引き受けることに決めていたのですが、最終的には山奥でコンビニにも遠くて不便だというので避難者は誰も来ませんでした。ただ、伊香保温泉や草津温泉などには南相馬市の人たちは避難してきたようです。この記事に出ているのは、その避難民のなかの一家族のことでしょう。だから私はこの遺書をとても親身に読みました。

ここにおられる神戸のみなさんのなかにも、避難所生活をされた方々はたくさんおられるでしょう。家族ごとにまとまって避難することが多いと思いますが、避難所から仮設住宅へ移っていくときに、同じ共同体の人たちがまとまって仮設住宅に入ることができるケースと、違った共同体の人たちが同じ仮設住宅に入るケースがあります。このふたつで、仮設住宅でのコミュニケーションのとりかたが違ってしまい、孤独になり、鬱になり、自殺者が出たり、いろいろな問題が生じてきます。家族とはいったい何なのか。家族の塊だけで避難することに慣れてしまい、その家族から離ればなれになると孤独になる。そんなことでいいのかという日本の家族の問題にも、このことは大きく焦点をあてねばならないことでもあります。血のつながりを越えた家族ということが成立するかどうか、そのことも今回の東日本大震災で問われていることのひとつだと思います。

私自身は、山小屋に村の人たちや東京から来るいろんな人たちが集まってきますので、山小屋を精神的な避難所と昔から呼んでいたんですけれども、村の抑圧からも都会の抑圧からも避難するかたちで山小屋を利用する、三十年近くそういう場所をつくってきましたので、このおばあちゃんの「お墓にひなんします」という言葉を聴いたとき、家族の足手まといになることを申し訳ないと思う、そこから個人的に避難したい、そうするべきだというかたちで「避難」という言葉を、日本人が使わなくなる時代がくればいいなと思いました。「お墓」以外に、家族とはもっと別のつながりを求める場所はある。血のつながらない家族というもののつくり方もあるんだ。そういう考え方が日本人に浸透すればいいなと、強く感じました。東北から聴こえてきたこのおばあちゃんの声、し

［写真3］「復興の狼煙ポスタープロジェクト」（http://fukkou-noroshi.jp/）

かしこれは声ではありません。鉛筆で書かれた文字から響いてきた声なんですね。

同じ時期にこういうポスターを見つけました（写真3）。このポスターの写真とそのキャッチコピーを見てください。「復興の狼煙ポスタープロジェクト」。釜石、大船渡、大槌町、この地域の復興作業にかかわっている地元の人たち、その普通の人たちを撮影し、その写真をポスターにし、インターネットで販売して義援金にしているグループです。これは現在も続いています。写真は釜石市のポスターの何枚かのうちの一枚。四人の男たちがこちらを見つめています。その下に記されている言葉に、こうあります。

「被災地じゃねえ正念場だ」

私はこのシンプルな言葉に震撼させられました。六月頃このポスターを手に入れ、いまも大切に飾っていますが、東北が被災地だというのはよそさまが勝手に言ってくれ、こっちは正念場だ、という。この「正念場」という言葉のなかにある、あらゆる日本人の、いや世界中の人間にとっての、生き延びるための切実さのトポス（場所）を指し示す響き。「正念場」というトポスがここにあるんだというプライド。おお、これなんだ、この言葉なんだ。東北から響いてくる声のなかで、いちばん底のほうから響いてくる声、ここに人間の正念場があるんだという声の響き。

鎮魂と口説節と

津軽三味線の演者に、二代目高橋竹山さんがおられます。初代は津軽三味線の独奏というジャンルを確立させた盲目の男性でしたが、二代目は女性です。私は九月末、彼女と一緒に釜石、大船渡、陸前高田の六ヵ所の仮設住宅をめぐり、津軽三味線の演奏と詩の朗読のライブに参りました。大きな町ではなくて、小さな小さな漁村、誰も慰問に行っていないようなところの仮設住宅や公民館を訪ねたのですが、毎回五十人から百人くらいの人たちが来てくれました。津軽三味線で東北民謡を唄う。そして同時にその津軽三味線の伴奏で私は詩を朗読しました。どの漁村でも被災状況はことごとく違います。その違いごとに、仮設住宅に住んでいる人たちの反応が違う。ひとつの会場でやったことがそのまま通じることはありません。ひとつの漁村で数十人亡くなったところとふたり亡くなったところでは、まったく状況は異なります。いろんな地区の人たちが集まっている仮設住宅と、同じ地区の人だけが集まっている仮設住宅は、その会場に入れば何も聴かなくてもすぐにわかります。いろんな地区の人たちが集まっているところでは、会場のパイプ椅子に坐るときに隣の席をあけて坐ります。ところが同じ地区の人たちが集まった仮設住宅の人たちが会場に来られるときは、入ってきた人の順番に、隣の席をあけないで坐ります。全員がくっついて、ひとつに固まっていく。それを見ただけで、「あ、ここは同じ地区の人たちが集まっているのだな」とすぐにわかります。

そうやってシチュエーションがひとつずつ違うなかで、会場の人たちの反応と表情を見ながら、演奏や朗読をし、お話をしたりしたのですが、なぜ私が東北民謡を唄う二代目高橋竹山さんとまわったかというと、三陸の被災者たちから直接、東北弁のお話を聴きたかったからです。それぞれが想像を絶する体験をして生き延びてこられた方々です。百人いたら百人ともそれぞれ違った恐ろしい体験をしている。そのことを聴かせてもらいたい。そのために津軽三味線の演奏と唄と、迷惑かもしれないけど詩の朗読も聴いていただく。そのあとで何人かの残っていただいた方に、被災体験のお話を聴かせていただくということを六回つづけました。

どの方も泣きながら、笑いながら話をしてくださる。六ヵ月も経って行ったんですけど、しかしその話を聴いているときに、いましゃべったことは今日まで誰にも言っていない。誰も聴いてくれる人がいなかったから、とおっしゃられた方がいた。家族のなかでも共通事項の話題だからもはやしゃべる必要がない。そしてついにその言葉は自分のなかに埋もれ、聴く人がいないまま六ヵ月が過ぎた。私はお話を聴いて、ただ相槌を打っているだけです。驚いているだけです。相手が言ってこられることに対して、東北弁のわからない言葉を聴き返して確かめるだけです。つまり、そばにいるだけでした。その時間が彼らにとってどれだけ大事なことだったか、六ヵ所まわってよくわかりました。

話している時間が経てば経つほど、最初のあいだはプライドを持って、「いやあ、あのときはこうだったよ」とにこやかにしゃべっておられるのが、ふっと話をしつづけているその横でその人の親戚の人が、「でもお義兄さん、あのときこうだったでしょ」ということを言った瞬間に、とつぜん涙を流されるおじいさんがいたりします。そこからいままでしゃべったことのない本音が出てくる。私はそのような聴き取りを何度も繰り返しながら、高橋竹山さんといっしょに、数年かかるかもしれませんけれども、津軽三味線の「語り物」を作ろうと思っています。

津軽三味線は津軽の海の波と同じような激しさで、激しく撥《ばち》を打ち込んでいく音楽だと思っておられる方が多いかもしれませんが、これは近年生まれた新しい奏法であって、初代高橋竹山がつくりあげた津軽三味線の独奏曲は、もっと緩やかな撥さばきをしています。いま流行の若い津軽三味線の演奏家たちのように、あんなに激しく糸を叩いて弾きません。初代は東北から北海道を、昭和初年代から門付け芸でまわっていましたが、当時の三味線は絹糸でした。絹糸だと激しく撥で叩くと、すぐ切れます。現在の演奏家たちはナイロン弦を使っているからなかなか切れないのですが。初代竹山は絹糸を切らずに早く弾く奏法を生み出しました。独特の撥さばきを見せた人です。撥のしなりを利用したなめらかな演奏のしかたがある。初代のCDで「三味線じょんから」を聴いてみてください。いま流行のものと、まったく違う複雑で深い音色が響いています。

初代は「ホイド（乞食）」や「ボサマ（坊様）」と言われながら、門付けをして歩きました。民謡の伴奏楽器であった津軽三味線を、独奏曲を演奏する楽器にし、新しい曲をたくさんつくりましたが、三味線を弾きながらの「語り物」もやっています。それを「口説節《くどきぶし》」と言いました。これは中世に西日本から始まった琵琶語り、盲目の琵琶法師たちが演じた語り物の流れのひとつです。「口説き節」は「段もの」とも呼びますが、その「段もの」の世界が東北のほうに行ったときに、演奏楽器は琵琶ではなくて、三味線に変わるのですね。

三味線というのは、もともと日本に入ったときには撥はありませんでした。現在も沖縄の三味線は撥を使いません。琉球三味線はつま弾く楽器です。琵琶語りは中世に発して、近世に発展し、そして薩摩人が維新政府の要職につくことで、薩摩琵琶が明治から大正にかけて流行しました。琵琶語りの流行にしたがって、東北の三味線の演奏者は、琵琶のかっこよさに影響を受けて大きな撥を使い出したと言われています。そういうふうなかたちで西の文化が東北に流入しているんですけれども、津軽三味線の「口説き節」は、琵琶法師が演じた「琵琶語り」の影響だと見てよいでしょう。

盲目の琵琶法師を座頭と言いますが、彼らが語った「語り物」には、『平家物語』や『説経節』の説話などいろいろあります。座頭が語る『平家物語』は、現在私たちが読んでいるような文字で書かれたものではなくて、口頭伝承で伝わったものです。『平家物語』の最初は比叡山でつくられたと言われていますが、そこから盲目の琵琶法師によって全国に伝搬されるようになってからは、文字ではなく変化自在に「声」で伝える物語として発展していきました。それが文字化されたのは、目の見える琵琶法師が江戸時代に登場して書物にしたからです。わたしたちが現在読んでいる『平家物語』はそれをもとにしています。しかし、座頭が語る『平家物語』はそれとは別の世界を持っています。三人称で語られていることが、声に載せられると、いつのまにか琵琶法師の一人称の語りになり代わっている。

『平家物語』は源平合戦のなかで、この国に無数の死者の霊が浮かんだことから、その死者の霊を鎮めるために生まれたと考えられています。琵琶法師たちは死者の霊が出入りする「球体」となって、「玉」＝「魂」となって、声で語り継いできたわけです。

日本の「語り物」の多くに言えることですが、伝統的に疫病とか祟りとか、災いが起こったときに、死者の霊を鎮めるために、あるいは恨みを治めるためにつくられてきました。第二次世界大戦の日本の死者は約三百万人と言われています。今回の東日本大震災の死者は約二万人。たった一日で約二万人が死んだというのは日本の戦後の歴史のなかで初めてのことです。死者の霊が東北地方に二万という数で浮かんでいるとき、この死者の霊を鎮めたい、鎮魂したいという思いは生き残った被災地の人たちだけではなく、わたしたちの誰もが持つことです。

私が二代目の高橋竹山さんといっしょに東北をまわろうと相談してふたりでやり出したのにはそういうことがあります。いままでは、昔の口説節や語り物、伝承されてきたそれを楽器とともに演じることばかりつづいていて、もう二度と新しい語り物はできないと思っていたけれど、いまならつくれる。私たちは死んだ人の霊を、そのひとりひとりの死者の声をつなげていく、ひとつの球体のようにならなくてはいけないのではないか。

そういう思いで、この八月末から東北へ行き始めました。これからも何度も行きます。

自然が突きつけてきた疑問符

そのように考えている人間は、私以外にもたくさんいます。言葉の世界だけではなく、別の表現ジャンルにいる人で、三月十一日以降、いろいろな試みをしている人の仕事をご紹介しましょう。

写真家の畠山直哉さんは、陸前高田の出身です。彼はつい先だって東京都写真美術館で写真展「Natural Stories」を開きました（二〇一一年十月一日―十二月四日）。素晴らしい写真展でした。私は彼が陸前高田の出身だったことは、それまでまったく知りませんでした。彼はそのことを言う必要がなかったからと述べています。畠山さんがこれまで撮ってきた写真は、非常に無機質なものを対象にした作品です。そして同時に、彼自身の「私」というプライベートな感情をいっさい遮断した写真を撮ってきました。その彼がこの写真展のトークイベントでこのように発言したそうです。わたしはインターネットの記事で彼の発言を読みました。

「3・11の前と後でアーティストの役割は変わりました。それまでは先駆けて見えない疑問をかたちにするのがアーティストのひとつの役割だったのが、疑問が見えるかたちで全員の前に姿を顕した以上、アーティストはいままでの役割でないことをもっともっと、あるいは新しく考えてする必要がある」

これはどういうことでしょうか。何かを表現することは、あるいは詩の言葉で表現することは、どこよりも先駆けて言葉でこの世への疑問形、この世への問いをかたちづくることです。しかし、それよりももっと大きな疑問符を、自然のほうが突きつけてきたときに、私たちはどうすべきか。

畠山直哉さんは「Blast」という写真シリーズのなかで、二〇〇五年にこんな写真を撮っていました。鉱山のダイナマイトによる爆破シーンです（写真4）。写真展では数十枚の連続写真が、大きな画面にビデオで連続投影されていました。岩石爆破のストップモーション写真は、まるで襲ってくる津波のように見えます。これはもちろん、陸前高田を襲った大津波を予測して撮影されたものではありません。3・11を経験した私たちが、津波とのダブル・イメージで見てしまうだけです。彼は3・11以後、表現者はいままでとは変わった位置に、変わる位相に立たなくちゃいけないと言いましたけれど、しかし彼をしてそのように言わしめるものを、すでに撮影されていた写真が見せてくれているようにも思います。3・11まではそれが何かよくわからなかったけれど、3・11以後は、あらためて鮮明にくっきりと、彼の立たされているトポス、表現者の正念場が顕れてきたと私は見ました。

表現者の表現方法が3・11以後、一日にして変わるということはありえません。重要なのはそれ以前に、無意識であれ意識的であれ、本能に沿ってやられていたことが鮮明に見えてくるということです。変わるのは読者の側であり、それを見る側であり、聴く側のほうが同じ言葉、同じ写真、

左ページ・［写真4］畠山直哉「Blast #12114」（2005年）

同じ音楽を別のかたちで読みとり、見て、聴くようになったということです。

畠山さんの「Blast」という写真がわたしに大津波に見えたのも、もちろん3・11があったからです。畠山さんは震災のあと、東京からの交通手段はなかったので、オートバイに乗って五日かけて生まれ故郷の陸前高田に戻ったそうです。そのバイクの後ろに本能的に三脚とカメラバッグを積んだらしい。撮ろうとするつもりはなかったというふうにおっしゃっています。でも機材を運んだのです。私が最初に言った、書くという本能に似ていると思います。

陸前高田は皆さんご存知のように壊滅しています。彼のお母さんは津波のなかで亡くなられました。故郷に着いてから、畠山さんは陸前高田の風景写真を撮りつづけました。彼はそういう写真を撮るような人ではなかったのですが。撮っているあいだ、自分の身体は三〇センチほど宙に浮いていたように思う、とも発言されています。その写真をただちに発表する気持ちもなかった。しかしその前から写真展の企画があって、その展示場に並べる作品を選んでいる最後の段階で、震災後の陸前高田を撮った写真も陳列しようと彼は急に思い立ちます。今回の展覧会でのカタログ『Natural Stories』という写真集には、畠山さんが撮った震災後の故郷の写真が小さく載っています。会場でも小さく並べて壁に貼りつけてありました。

他の写真は大きいのに、これは小さく、写真群という扱いです。表現の対象がまったく異なる。それを意識しての、また陸前高田の震災写真をセンセーショナルに見てほしくないということからの処理だったとも思いますが、ここに作者のなかでの、表現系列における大きな亀裂がみごとに表現されています。震災前の鉱山で撮った写真と、震災直後の故郷の写真群を一緒に並べたのは、その亀裂を亀裂のまま見せようとしたのだと私は思います。

　壊滅した故郷の姿を、「私」を消して撮ることができるか。足元が宙に浮いていたということは、「私」が素裸になっているということ。しかし、カメラという機械は物理的に冷酷に、作者がそれまで蓄えてきた技術のまま、どのアングルで風景を切りとるのか、どんな光を選ぶか、について正確に反応します。被災状況は深刻なのに、その深刻さを画面いっぱいに受けとめるために撮影現場を探して歩く。その歩くときの、何をしているのか、と自分自身を問い詰めている、そのときの彼の歩行状態がよくわかるような写真群でした。

　面白いのは、「奇跡の一本松」の写真です。何万本もあった湾岸の高田松原がぜんぶ津波に流されました。そのなかの一本だけが奇跡的に残り、ほとんど美談のようにそのことが報じられましたけれども、メディアが報じたのは、その松を大きくアップした写真ばかりでした。しかしここを故郷とする人はそういう撮り方をしません。

　畠山さんの写真では、遠くに一本見えるか見えないかぐらいで、それよりも大事なのは、湾から陸地の奥深くまで巨大な広さで町が壊滅している状況です。一〇キロ四方以上の広さにわたって全壊です。私が初めて陸前高田へ行ったのは七月でしたが、他の小さな漁村の壊滅状態と比べると、規模が違いました。車で走りながら、同行の人も含めて全員、声を失いました。こんなにひどくやられたのか。そのひどさを通してその一本松を見たときに、地元の人たちがこの松を祈るような気持ちで見る理由がよくわかりました。美談でも何でもない。この一本松を見るということ。それに心を動かすことこそが奇跡だと考えるのが順当ではないか、これは畠山さんの意見でもあります。

こういうふうに、彼自身がかつて撮らなかった写真を発表するということ。そのために彼はお母さんがまだ生きていた時代の三十数枚の写真を、震災後の写真群が展示されている壁に対面させるように、小さなビデオのスクリーンを置いて、そのなかで無音のままスライド映写させていました。沈黙の連続画面です。そしてそのつぎの部屋に、この「Blast」という爆発シーンがつづきます。この亀裂と、そして飛躍のなかに、私たちが現在問われている表現とは何か、という問いと答えが埋まっているように思います。

結論はひとつではありません。意見はひとつではありません。どんなふうに読みとってもいいと思いますけれど、この亀裂と飛躍をもたらした、考えられないもののなかに、ノヴァーリスの言葉を使えば「附着」し「こびりつく」ようにして表現する私たちがいるのではないでしょうか。

東京の声を聴く

もうひとつの例をあげましょう。十月十四日から二十四日まで、東京で「遊園地再生事業団」という劇団の演出家である宮沢章夫さんの「トータル・リビング 1986–2011」という劇の公演がありました。私はこの劇は二〇一一年の日本の演劇シーンのなかで最高傑作のひとつに入るだろうと思います。宮沢さんは東日本大震災が起こった三月十一日、東京のある場所で演劇のワークショップを開いておられたそうです。そのワークショップをしている最中に東京が揺れた。そのとき宮沢さんは、ワークショップに集まっていた若い人たちに、いまから全員が都内に散らばって東京中の声を拾ってこいという課題を与えました。素晴らしいアイディアだったと思います。地震とはまったくなんの関係もない声でもいいから、カードに書き込ませてそれを集めた。このとき集められた声が舞台の最後のシーンに出てきます。

「トータル・リビング 1986–2011」というタイトルは不思議ですが、一九八六年には何があったかというと、覚えておられるでしょうか。その年に人気絶頂だったひとりの若いアイドル歌手がビルの窓から投身自殺をしたんです。岡田有希子、十八歳。それが八六年四月八日であったということは、わたしはこの劇で思い出したのでしたが、彼女が飛び降り自殺をした直後、四谷のサンミュージックのビルの下をわたしは偶然通りかかっていました。ファンが道路にうず高く花輪を積み上げ、そのまわりに多くの人がいた光景を憶えています。その日から一週間以上、ファンたちは毎夜その場所に集まり、岡田有希子の死を悲しんでいた。当時私は演劇雑誌で毎月、劇評を書いていました。一ヵ月間に三十本くらいの芝居を観るというハードな仕事でした。その月に見た東京のどの演劇よりも四谷の街頭シーンのほうが演劇的だった、という劇評を書いたことを憶えています。しかしそれから三週間後に、もっと大きな出来事が起こった。四月二十六日にウクライナのチェルノブイリで原発事故が起こりました。私は岡田有希子の自殺は憶えていますけれども、チェルノブイリの原発事故がこの年だったということはすっかり忘れていました。

「トータル・リビング 1986–2011」というお芝居はこの物語から始まります。忘れていること、欠落していることは何なのか、私たちのなかで、という問いかけから始まります。そして最後のシーンでは舞台上に、三十以上もの小さな家財道具や、文房具、こまごまとした家庭内の品物が並べられます。それは泥のついていない、きれいな品物たちですが、私には津波で流されて海の底に沈んでいて、たったいま引き上げられた品物、というふうに見えました。そのひとつひとつの品物の下にカードが置かれている。役者たちが品物を取り上げ、そこに付されているカードのなかの文字を読みます。宮沢さんたちが集めた三月十一日以降の東京の声です。いくつかをピックアップしてみましょう。

三月十二日十六時三十分・浅草「あなたはナニ人ですか」
三月十一日十三時「ねえ、あんた異動?」
三月十三日「いらっしゃるお国とお使いの機種を教えて頂けませんか?」
三月十三日十三時十分「飯田は止まりますか?」
三月十一日十七時五分（南武線・平間駅にて）「動いてないんですか?」
三月十二日十八時三十分（本堂前・訛りのある中年男が携帯で）「ガソリンあらへんねんなあ?」
三月十四日十二時「西日本に親戚か知り合いいいる?」

三月十四日以降、水素爆発が起こったあとの放射能汚染を恐れて、西日本に移動する赤ちゃん連れの主婦が増えました。「西日本に親戚か知り合いいる?」という声は、そういうひとりかもしれません。声はまだつづきます。

三月十一日(公衆電話前)「公衆電話なら使えますか?」
三月十一日(ひさご通り、信号前、中年男女が)「タクシーつかまんないの?」
三月十一日(倒壊した家の前)「完全にこっちから倒れちゃったんだね?」
三月十三日九時三十分「大丈夫だった? 返事はいらないよ!」
三月十八日夜「なんで今日はそんなに優しいの?」

そして最後に、舞台に役者がひとり残り、小さな熊のぬいぐるみを抱えて読みあげるカードの言葉があります。

九月十一日十六時二十四分(新宿)「もう日本で安全なとこ、無くね?」

これがこのお芝居の最後のほうのシーンです。私は震災から六ヵ月経ったときの新宿で拾われた声、「無くね?」という言い方の若者の声に、東京の声があると思い、またその底に東北の声が重なりあっているように感じました。日本人がそんなふうに考えるようになったという九月。日本列島全体が不安におののいている、声のなかにそういう響きを突きつけられて、それまでこの劇の他のシーンで何度も笑わされていたのですが、突然、泣きたくなるほど胸に言葉が突き刺さりました。最初、気仙沼湾を回流する大津波の映像のなかの声をピックアップしましたけれども、こちらは東京で宮沢章夫さんがピックアップした声です。

遠くへ、さらに遠くへ

詩を書く私たちはこれらのことを踏まえたうえでどう考えていくべきか。ここへ来る三日前（十一月二十三日）、渋谷の「サラヴァ東京」というライブハウスで、「ことばのポトラック」というイベントをやりました。これは三月十一日のあと、東京がまだ余震で揺れつづけていた三月二十七日に、大竹昭子さんが企画した「ことばのポトラック」と題した詩歌の朗読会が「サラヴァ東京」で開かれ、そのときは一回で終わる予定だったのが、二ヵ月に一回、出演者を変えて連続してやることになったプロジェクトです。「ポトラック」というのは、持ち寄り料理、という意味です。十一月二十三日にやったのは、私が企画した第六回目でした。谷川俊太郎さんと高橋睦郎さんと私の三人が詩の朗読をし、二代目高橋竹山さんが津軽三味線を演奏し、民謡を唄い、そして特別ゲストとして東日本大震災復興構想会議の議長代理を務められた政治学者の御厨貴さんにも登場していただいて、みんなでトークをしました。老詩人たちが集まったためか、老人には怖いものはないとばかりに、非常に面白くて、いまの日本を笑いあうような会になりました。そのイベントで谷川俊太郎さんが朗読された詩をご紹介します。わたしたちのいまのテーマはこれに尽きると、トークのときに話題になった詩です。

遠くへ

心よ、私を連れて行っておくれ
遠くへ
水平線よりも遠く
星々よりももっと遠く
死者たちと
微笑《ほほえ》みかわすことができるところ
生まれてくる胎児たちの
あえかな心音が聞こえるところ
私たちの浅はかな考えの及ばぬほど
遠いところへ　心よ
連れて行っておくれ

希望よりも遠く
絶望をはるかに超えた
遠くへ

（「朝日新聞」〈こころ〉11年7月の詩）

谷川さんは三月十一日以降、自分は被災者ではないから被災者の心を思う詩は書けない、義援金は出すけれども、震災詩は書かないとおっしゃっていました。これも大事な意見だと思います。現在、「朝日新聞」に「こころ」の連作を一ヵ月に一度連載されていますが、七月あたりから震災のことはひとつも出てきませんけれども、徐々にトラウマのようにこびりついてきたものがあったようです。疑問符がどんどん膨らんでいき、そしてこういう詩になっていった。

私たちはひとつの意見に固執すべきときではないと思います。違う他人の意見を聴くことの力をもつ時期に来ています。東日本大震災が起こった直後、日本中が東北に向かって支援の手を差し伸べようとし、そして多くの人が東北の声を聴こうとしました。しかし時間が経つにつれて、いろんな局面での意見の違いが、大きな溝や襞を生み出しつつあるように思います。その溝に橋を渡すこと。溝を溝のままにしておくべきではないと思います。ゆっくりとした時間のなかで溝の深さを見つめながら、溝の底から言葉をつかむこと。垣根があれば垣根を見つめて、それを越えていくこと、あるいは垣根をくぐること。言葉の役割はそのいちばん深いところにいま宿され、それは未来から試されている、そんなふうに私はいま痛切に思っております。どうもありがとうございました。

遠い声にうながされて

たった一日のことだが、その一日の出来事が生涯を動かす、ということがある。

一九八二年のことだから、もう三十年も前のこと。わたしは友人の国文学者、兵藤裕己氏（現学習院大学教授）とふたりで佐賀県の脊振《せふり》山のふもとの村を歩いていた。脊振山はかつては山岳信仰の盛んなところだった。山頂には弁財天が祀られた脊振神社がある。暑い夏の一日だった。

わたしたちは集落にぶつかると、その一軒一軒を訪ねて、同じことを聞いて歩いた。この辺に琵琶弾きさんはおられませんでしょうか。琵琶弾きさんが来られたことはあるでしょうか。

このあたりに、いまも活躍している盲目の琵琶法師がいるという噂を聞いて、その人に会いたいということで探しに出たのである。事前に手に入れていた情報はそこまでだった。

中世以来、平家物語などの語り物は、座頭（盲人）の琵琶法師を通じて伝承されてきた。彼らは文字ではなく、耳から耳へ、口語りで物語を伝承してきた。それがもっともよく残っているのが九州であって、三十年前には高齢になっておられたが、何人もの盲目の琵琶法師が活躍していた。

他の地方では廃れたのに、なぜ九州に多く残ったかというと、この地方の語り物芸は、竈を新築したときや家を新築したとき、琵琶を演奏するという民間信仰と強く結びついていたからだ。琵琶は神の声を伝える神具だったのである。また、琵琶法師は芸能者であると同時に宗教者でもあったためだ。

いまはもう亡くなられたが、その頃、熊本県玉名郡南関町に山鹿良之さんという肥後琵琶を演奏する八十一歳の盲目の琵琶法師がおられて、生涯極貧に耐えながら膨大な量の語り物芸を伝承し、筑後と肥後地方を巡回して放浪する、最後の琵琶法師と言われていた。わたしはその演奏を調査する国文学者や民俗学者のグループに誘われて、何度も熊本まで通ったのだった。

そこでわたしを捉えたのは、耳から耳へ伝えられてきた口頭伝承の物語の、声の音楽の魅力だった。けっして美しい声ではなく、だみ声であり、荒々しい。琵琶の演奏もまるで打楽器のように激しく、ノイズが多い。声も音もノイズがいっぱい。しかし、そうであるからこそ、そこで語られる言葉は説得力があった。「美しい声」という概念がここでは成立しない、というよりは、ノイズこそが「美しい」。

詩はもともと、このようなノイズを内側にとらえこむことによって書かれてきたのであり、これからも書かれねばならないのではないか。山鹿さんの琵琶を聴いているうちに、わたしは強くそう思うようになった。

そういうある一日、佐賀県と福岡県の県境にある脊振山の付近にも、わたしたちの知らない琵琶法師がいると教えられたのである。

家々を訪ねて聞いて歩くと、琵琶のような高尚な楽器の趣味を持っている人はこの村にはいないと言われたり、あなた方は民生委員ですか、と問い返されたりした。

そのうちに、別の村のお婆さんなら詳しいことを知っているかもしれないと聞かされ、その村まで行くバスを待った。田舎のバス停で、疲れ果てて呆然とふたりで坐っていたときの思いを忘れない。ついに見つからないままではないか、夜までに宿へ帰れるだろうか、と心細くなった。

佐賀県神崎郡脊振村（現神崎市）まで行くと、七十八歳になるお婆さんを紹介された。彼女は教えてくれた。

「わたしの小さいとき来よんさった座頭さんはですよ、朝の川の水をかぶってね、梅干しと味噌と塩しか食べよんさらんよったです。いまの人はもう、朝におつゆにイリコなんか入れても食べよんさるですけどね」

えっ、とわたしたちは驚き、色めき立った。「いまも琵琶法師さんは、ここに来られるのですか」

十二月にだけ、琵琶を持ってきて、神下ろしをするという。日本全国の神々の名を唱えるのだ。春と秋にもお経をあげにやってくるという。

わたしたちはそこから転げるようにして里まで下りた。お婆さんに教えてもらった地番を頼りに、三田川町（現吉野ヶ里町）にある盲僧寺まで時間を忘れて走った。夜遅くなっていたが、失礼を省みずに訪ねた。

藤瀬良伝という盲目の琵琶法師に出会った。その人がわたしたちが探し求めていた琵琶法師で、当時、五十七歳。九州でもっとも若い演者だった。十四歳のときに少年航空兵に志願して、予科練に入隊。特攻機で死ぬはずだったが、昭和二十年の敗戦の色が濃くなったあたりから、基地で酒を飲みまくった。酒がなくなってからは航空燃料のメチルアルコールを飲んだという。九月に復員したが、十二月になって完全失明した。そのとき二十歳だった。心が荒れだしたとき、盲僧寺の琵琶法師が拾ってくれ、琵琶を習ったという。それまで楽器など触ったことがなかったのに。修行時代は、師匠と兄弟子と三人で脊振一帯を回ったという。

戦争が最後の座頭の琵琶法師を作ったのだ。これは衝撃的だった。

藤瀬良伝さんの楽器は笹琵琶と言い、細身のもので、桑の木で作られていた。真夜中に「琵琶の釈」を演奏してもらった。いまもそのときの録音テープが残っている。

わたしはその声を聴くたびに、わたしの詩がこのだみ声の美しさに対抗できているだろうかと思う。その日、一緒に歩いた兵藤氏も、この一日の体験が、その後の琵琶法師の研究につながったといまでも言う。

II

ラッシュ・グリーン

二〇一〇年六月

「ラッシュ・グリーン」Lush Greenという言葉がある。スコットランドでは樹木の緑が次々に芽吹く頃のことを、そんなふうに言う。夏の初めの季節。緑がラッシュ（鬱蒼たる）状態とは、うまい言い方だ。山が一年中でいちばん美しい時期を、どの国の人も同じように喜び、愛おしむ。

浅間山麓にある山小屋周辺の樹木の緑も、六月になると風に乗ってゆらりと揺れる。秋から早春にかけては、高い梢の上から枯葉が落ちてくるか、風に逆らう枝の音しか聞こえてこなかった。それがいまは、頭上で物音もたてずにゆっくりと揺れる。

建設中のツリーハウスが載っかったクリの木も、緑の新芽を勢いよく吹き出している。いったいこれまで何本のボルトを、この木に打ち込んだことだろう。三段のデッキを造るために、十数本も幹にボルトを打ち込んだのだが、クリの大木はびくともしない。ツリーハウスを造るまで、このクリの木は人間から見向きもされなかったのに、突然、あらゆる方角からさまざまな人間に眺め続けられるという事態におちいって三年目になる。人間の顔は人から見つめられ続けると、すっきりして美しくなるというが、クリの木も同じらしい。工事を始めたときよりも、ずいぶん美しくなって、しかも雄々しくなったように思える。

このクリの木には、大きなヤドリギがくっついている。冬の間、樹上の緑はヤドリギだけだった。雪に包まれた緑のヤドリギ。その緑の中に小さな玉のような黄色い実がある。この黄色を、かつて西欧の人々は「黄金色」とみなした。

ジョージ・フレイザーの『金枝篇』は、ヤドリギを「金枝」と呼んでいる。ヤドリギは切り取ってから数ヵ月経つと、葉も茎も枝も、全体が金色がかった黄色になるからだという。しかし、わたしは切り取られたヤドリギが茶褐色になった姿しか見ていない。それはまるで干された海草のようで、『金枝篇』が説くようには、少しも神秘的ではなかった。

だが、こんな考え方ならわかる。この冬の間、不等辺八角錐のツリーハウスの屋根に雪がどのように積もるか、たえず観察していた。屋根には防水用の黒いガムロンシートを貼りつけただけで、まだ銅板を葺いていなかった。雪で屋根板が傷まないか、気がかりだった。しかし、屋根の傾斜角度は約七十四度なので、大雪のときもほとんどが滑り落ちてくれてホッとした。そんなとき、クリの木の枝にぶら下がっている青々としたヤドリギの姿に魅入ることが多かった。つくづくと不思議なヤツだと思った。他の植物がすべて葉を落としている時期に、空中で孤独に丸く完結して緑色の命を繋らせている。この植物には何か不思議な力があるのではないか。そんなふうに考え、想像するのは古代人には自然なことだったろう。

ヤドリギは地上から生えているのではない。樹木の幹に取り付き、その養分を吸って生きている。それを見て、西欧の人々は、天と地との中間にある命だから、魔力を持つ、というふうに考えた。また、そこから派生して、ヤドリギには地中の秘宝がどこにあるか示す力がある、とか、ヤドリギは稲妻とともに木に落ちてきたのであって、雷の呪力を持っているとも考えた。ケルト族の守り神の顔の輪郭はヤドリギの葉を模していて、細長い涙滴形だ。

日本にはヤドリギについて、そんなイメージや考え方はまったくない。ヨーロッパの森と日本の森とでは、畏怖すべき植物の種類が違った。ヤドリギに相当するのが、神社などの結界に植えられるツバキだろうか。ツバキもまた冬の間、青々とした葉を保っていて魔除けとされたのである。

五月中旬に、スコットランドへ行った。首都のエジンバラ郊外に、映画『ダ・ヴィンチ・コード』に登場して有名になった「ロスリン礼拝堂」Rosslyn Chapel がある。十五世紀に創建されたこの礼拝堂は、現在修復中で内部のすべてを見学できないのだが、礼拝堂内部の柱や壁に彫られたレリーフが実に怪しげで、奇怪な植物の姿をした神々や動物や鳥の姿が無数に象《かたど》られ、それら生き物の謎めいた仕草は、キリスト教以前の宗教のありようを渾然一体として示していた。口からヤドリギの葉を吹き出している男は顔全体で笑い、カラスは目を剝いてくちばしを突き出し、猿は身体を溶けさせていて、獅子は大声で咆哮し、尖塔の屋根には正体不明の花々のレリーフがあった。いくつもの暗号をその図像たちは示しているらしいのだが、また音楽を導くサインでもあるらしいのだが、わたしにはよくわからない。映画で有名になって以降、観光客が絶え間なく押しかけるようになったので、それまでいた牧師は嫌気がさして辞めてしまったという。観光客の入場料で礼拝堂の修復は行われているのだが、工事は遅々として進んでいないようだった。永遠に完成しないでしょう、この礼拝堂は最初から完成していなかったから、と教えてくれた人がいた。そういう未完のイメージがおどろおどろしさを増しているというべきか、秘密結社があるとすればこんなところで儀式を行っただろうと思わせるに十分な雰囲気は健在だった。冷たい石の礼拝堂の殺風景な地下室に入ったとき、冬の間、僧侶たちはここで眠ることができたのだろうかと、よけいな心配をした。

ともあれ、わたしはそこの売店で「オーク・ツリー・マン」と名づけられた奇怪な顔を彫ったレリーフを買ったのだった。ロスリン礼拝堂の装飾を見過ぎて刺激されたのかもしれない。

オーク・ツリー・マンというのはオークの木の化身のこと。樹霊である。それは手のひらに載るような大きさの黒いレリーフで、中心にオークの木の幹が彫られていて、それが太い鼻。左右に伸びた枝から無数に葉が生え、それらが眉毛や両眼、唇をかたちづくっている。森の奥で巨大な木に出会ったとき、恐怖心にかられて妖怪の顔に見えてしまった、そのイメージを象った、とでもいうべき代物だ。

かつてオークが「森の王」であった時代。そしてオークの精霊とみなされたロビン・フッドが活躍した時代、イングランドにもスコットランドにも深々とした森があった中世の時代を偲ばせてくれるのがオーク・ツリー・マンだ。

一目見てわたしは、このレリーフをツリーハウスが完成したとき、その内部に飾ろうと思った。わたしたちのツリーハウスはオークではなくクリの木に載っかっているのだが、ヤドリギがぶら下がっているから、よく似たものだろう。樹木のことを考えよ、樹木の心を想像せよ、樹木の願いをかなえよ、とそのレリーフは言っているように見えたのだった。

スコットランドから帰って、最初に山小屋に行ったとき、夜の高い緑の梢の中で電灯が灯っているツリーハウスを見上げた。まるで森の奥の木の化身のようだ。ラッシュ・グリーンの季節になると、ツリーハウスは葉の繁みに囲まれて、クリの木に溶け込むような雰囲気になった。

尖塔部分の屋根の銅板を葺く工事は、わたしがスコットランドにいる間に終わっていた。ツリーハウスの棟梁であり、一等航海士を名乗っている建材屋のトクさんと、甲板員を名乗っている床屋のナカザワさんのふたりが仕上げておいてくれたのだ。

屋根に葺いた銅板が、はや黄銅色に変色し始めていて、葺き始めの頃の太陽を反射してピカピカ光った金色とはまったく別物になっていた。色が落ち着いてきて、このまま黒くなり、やがて緑青が浮きでて理想的な緑色になるまで、あまり時間がかからないかもしれない。ここは霧が多いからきっと早く緑青が吹くよ、と床屋のナカザワさんが言った。

「持ってきただろうね」と言いながら、山小屋の階段を上がってきたのはトクさんだった。スコットランド土産のシングルモルトを忘れなかっただろうね、という意味だ。わたしが雑誌の取材でスコットランドの蒸溜所を訪ねる旅をする、と言ったとき、そんなのが仕事と言えるのか、とふたりは笑いながら口々に非難したのだった。

どうだった？　と言うので、夕陽がよかったと答えた。スコットランドの五月は、夜の八時になっても夕陽が射す。白夜の季節が近づいているのだ。午後五時頃に村のバーに入ると、蒸溜所で働いている人や近所の人たち、あるいは釣り客たちがカウンターに群がっている。彼らはウイスキーを飲まない。エールビールを飲む。シングルモルトの産地なのに、エールのほうが安いからだ。数時間経ってふとカウンターで飲んでいる人々の顔を見ると、窓から差し込む夕陽に全員の頬が照らされている。時計を見ると、それが夜の八時なのだ。日本では考えられない。薄暗がりの電灯の下で飲むのとは違って、なんという楽しい酔いだろう。

わたしが訪ねたのは、スコットランドのハイランド地方の中心部、スペイサイド地区だった。スペイサイドはスペイ川の流域一帯を指し、スコットランドに百近くあるウイスキー蒸溜所のうち、ほぼ半分の五十二の蒸溜所がある地区だ。スコッチ・ウイスキーのなかでも、スペイサイド産のウイスキーはもっとも蒸溜の歴史が古く、気品があっておいしい。

この地区を車で少し移動すると、村の名前が変わり、その名をつけた蒸溜所がある。スコットランドはカムチャッカ半島と同じ緯度なのだが、メキシコ暖流が還流しているので、気候的には山小屋のある浅間山麓とよく似ていた。と言っても、浅間山麓と同じようにキャベツ畑があるわけではない。土地は痩せていて、ハイランド（高地）の名の通り、広大な丘陵地帯が続く。ハリエニシダの群落があり、羊の牧場が広がっている。小麦は育たず、エールやウイスキーの原料となる大麦畑があった。

わたしは山小屋でみんなとシングルモルトを飲むとき、行ったことのないスコットランドの蒸溜所の風景を想像するのが好きだった。スペイサイドのグレンリベットを飲むときは、「グレン」がゲール語で「谷」を意味し、「リベット」に「平穏な」という意味があることを知ると、穏やかなスロープを持った丘陵地帯の渓谷、その底を流れる小さな川、その周辺の深い緑の森を想像した。スペイ川の支流がリベット川で、グレンリベットはリベット川の谷、ということでもあるのだ。その川に舟は浮かぶだろうか。小さな舟に乗ってゆるゆると酔いながら流れていく。そんな酔い心地を、想像の地図の中でわたしは楽しんでいた。

実際にグレンリベット蒸溜所を訪ねたとき、周囲に深い森などないことを知った。森はあっても、小さくて明るい。リベット川は小さな急流で、とても舟を浮かべるだけの川幅はないし、川は浅かった。アジアモンスーン気候の島国で想像していたときの森のイメージと、北欧に近いスコットランドの乾いた気候の中での森のイメージは、まったく異なっていた。

しかし、蒸溜所の案内人が工場の見学コースを歩き出したとき、最初に言った言葉が心に残った。「おお、この空気ですよ。ウイスキーの匂いがする。ここでは空気がすでにウイスキーなのです」その通りだった。水と空気がウイスキーの味と香りの重要な要素になる。樽の中に詰められたモルトは、オークの木を通して外の空気を吸う。アルコール分は年に二パーセントずつ樽から蒸発する。三年だと六パーセント、十年だと二〇パーセント。三十年ものの樽には、すでに六〇パーセント近くのモルトが蒸発してしまい、残っているモルトは四〇パーセント分しかない。消えていったモルトのことを、スコットランドでは「天使のわけまえ」と呼んでいる。天使が飲んだ、というわけだ。

天使はどこで飲んでいるのだろう？　スペイサイド地区の蒸溜所を巡っているうちに、面白いことに気がついた。蒸溜所の樽の貯蔵庫の周辺にある木の幹や枝が、漆黒なのである。ある蒸溜所では、漆黒の幹と枝を持つ桜の木が倉庫のまわりに並んでいて花が満開だった。黒い枝先から咲く薄桃色の桜の花びら。実にシュールな風景だった。

樽から蒸発したアルコール分が周辺の樹木にこびりつき、そこに黒黴が発生するのだ。天使は樹木の上で飲んでいた、ということになる。日本の醬油の醸造工場でも、醸造過程で発生するアルコールに呼ばれて黒黴が発生し、そのために工場の白壁や瓦が真っ黒になっている。この黒黴は病原菌ではない。

スペイサイドにあるマッカラン蒸溜所の場合は、広大な芝生地に生えている樹木のうち、貯蔵庫に近い一部の木の幹だけが漆黒で、そこに緑の苔が無数に生えていた。アルコール分を好む黒黴がいて、その黒黴を好む苔がいるらしい。緑の苔は長い繊毛を伸ばして風になびいていた。

「じゃ、山小屋の天使たちにわけまえを」とナカザワさんが言った。「黒黴にも」とわたしはトクさんに言い、日本にはまだ輸入されていないボトルを開けた。焚き火を囲みながら、わたしたちはスペイサイドの木に生えた苔のように笑った。

白樺キャンドル

二〇一〇年七月

二十年ほど前、パリのサンジェルマン地区の路地を歩いていたとき、とあるブティックのショーウインドーに不思議なものが並べてあった。大きな白樺の切り株で、幹の内部がくり抜かれて蠟が詰められている。蠟の中心から一本の芯糸が垂直に出ていて、その先端に小さな炎が揺れていた。キャンドルなのだ。白樺のキャンドルはひとつだけではなく、いくつも並べてあって、まるで切り株が燃えているように見えた。

わたしが不思議だと思ったのは、白樺の幹の周囲が薄い樹皮だけで、どこにもつなぎ目がないことだった。樹皮が筒のようになっている。幹だけがそっくり抜けていて、その空洞部分に蠟が詰めてあるのだ。樹皮を剝いで、それをつなぎ合わせて筒のようにしたキャンドルではない。店内に入ると、大小いくつもの白樺キャンドルが棚のあちこちに飾りとして置かれていて、直径四〇センチ、高さ三〇センチほどの切り株もあった。これには驚くほど大量の蠟が使われていた。

ひとつひとつを子細に見たのだが、どれも五ミリほどの厚さの樹皮が周囲にあるだけで、やはりつなぎ目がない。キャンドルにしては、異常に値段が高かった。幹をくり抜くのならわかるが、樹皮の筒だけにするにはどうしたのだろう。謎が膨らんだ。こういうとき、わたしはどうしても欲しくなってしまう性分なのだ。結局、直径一五センチ、高さ二〇センチほどの切り株をひとつ買ってしまった。このキャンドルの樹皮には薄緑色の苔がついていて、いかにも白然の切り株のようだった。

ネパールのヒマラヤ山岳部、チベットとの国境に近いドルポ地区は、一九八九年に外国人に入山が許可されるようになった。一九九〇年の夏、わたしは四十日あまり、この地区を歩いた。ダウラギリ山の北西部。標高三〇〇〇メートルから五〇〇〇メートル。人ひとりがようやく歩ける獣道のような細い道が続いた。山をひとつ越えると小さな集落があり、民族が異なる。服装も言葉も違った。

モンスーン期のヒマラヤは連日のように雨が続くので、トレッカーには嫌われる。しかし、雲を突き抜けて標高三〇〇〇メートル以上まで登ると、高山植物が咲き誇って息を飲むほど美しい。雲の上に出るとモンスーンの雨は関係なくなる。そんな夏の暑い山道を歩いているとき、道の真ん中に一枚の紙のようなものが落ちているのに気がついた。紙の上に石が置いてある。

紙だと思ったが、よく見ると白樺の樹皮だった。そこにネパール語の文字が書かれていた。一緒に歩いていたトレッキング・ガイドのラム君に、何と書かれているのか聞いた。ラム君はわたしのガイドとして長くつきあいのある男だった。彼は読んだ後、舌打ちをした。「しようがないですね。今度のポーターは」と言う。

わたしたちの先を進んでいたポーターたちのことを指しているのだ。ヒマラヤのトレッキングでは、長い旅をする場合、荷物運びのポーターは頻繁に入れ代わる。荷物運びはあくまでも村の若者たちの日給稼ぎのアルバイトなので、ある日数が過ぎると、自分の村に帰ってしまうのだ。そこで行く先々の現地の村の若者を雇って、ポーターを補充する。そういうひとりのポーターが、白樺の樹皮に愚痴を書いていたのだ。

「このグループには女性のトレッカーがいない。楽しくない」

誰に読ませるためにこんなことを書いたのか。たぶん、後から来るラム君に読ませるためだろう。ポーターを選ぶのも、彼らの日給の額を決めるのも、トレッキング・ガイドのリーダーである彼であった。楽しくないから日給を上げろ、ということらしい。

わたしは、ポーターたちが外国人の女性トレッカーと山を歩くことをそんなに楽しみにしているのか、と驚いたが、それ以上に、白樺の樹皮に伝言を書くという習慣にも驚いた。白樺の樹皮をこんなふうに使うの？　と聞くと、「たぶん、キジ撃ちをしたときに書いたのでしょう」とラム君は言った。

「キジ撃ち」とは山で用を足すときの隠語である。鉄砲を持ってキジが飛び立つのをしゃがんで待っている、そのときのスタイルに似ているから、そんな隠語が日本で生まれた。ラム君は日本人のトレッカーの誰かから、面白半分に隠語を教えてもらったらしい。

なぜ、キジ撃ちのときに書いたとわかるの？　と聞くと、白樺の樹皮は、お尻を拭くときに使うのだという。ヒマラヤ山岳部の村には、トイレット・ペーパーなどというものはなかった。この地域の村では、白樺の樹皮がその代わりをしていた。樹皮の外側は硬いが、それを剝ぐと内部に緋色の薄くてしなやかな樹皮が出てくる。それを使うのだ。ポーターは白樺の樹皮を剝いで用を足したあと、使用済みの残りの樹皮を使って伝言を書いたのだ。

一般的に平地のネパール人は、用を足した後、水を使う。水洗トイレではない。トイレの中に水の入った壺が置かれていて、その水を左手に取り、お尻を洗うのだ。あとは自然乾燥である。このとき左手を使うので、食事のときは右手だけを使う。ネパール・カレーは右手で米をつまんで食べるのがルールだ。

しかしヒマラヤ山岳部では水は貴重品で、トイレ用には使えない。だから白樺の樹皮なのである。ラム君自身は、用を足した後、丸い小石を使う、と言った。インド国境に近い平地の田舎の村で育った彼は、それが小さいときからの習慣だった。石！　そんなものでお尻を拭けるのだ。痔になってしまわないだろうか。トイレの後始末というのは、ちょっと土地を移動しただけで、こんなに異なるのである。

ともあれ、白樺の樹皮についてはそんな体験をしたことがあったので、パリでそれがキャンドルになると知って、わたしはとくに興味を持ったのだった。白樺の樹皮を紙のように剝がして使う以外の利用方法を知らなかったのだ。

浅間山麓には白樺が多い。白樺によく似ているが、樹皮が肌色をしている岳樺《だけかんば》も多い。山小屋が建っている斜面にも、白樺は自然に生えてくる。白樺の木は成長が早い。山小屋の書斎の前にも二本の白樺があるのだが、これは種子が飛んできて発芽し、そのまま大きくなったものだ。ベランダを作るとき、この白樺を囲うように穴を開けた。白樺はベランダを突き抜けてすくすくと育ち、幹が太るたびにわたしはノコギリで穴の直径を大きくした。いまでは幹は直径二〇センチほどの太さになっていて、またもやベランダの穴に食い込むようになっている。いずれ、穴をさらに大きくしなければならないだろう。

パリで白樺キャンドルを手に入れた後、山小屋のクリスマス・パーティのとき、初めて火を付けた。これは珍しい、いいなあ、とみんなが言った。白樺キャンドルはそのとき以来、ときどき火をつけて楽しんだのだが、長く灯していると、蠟がみるみるうちに減る。他のキャンドルの蠟を垂らして、減った分を補充したりした。

白樺キャンドルのつなぎ目のない樹皮の筒を作る方法について、村の山小屋仲間に聞くと、農協に勤めているタモツさんや村会議員のマモちゃん、八百屋のキー坊さんたちが即答した。ああ、そんなの簡単だよ、というのだ。

白樺は二十年あるいは四十年で自然に倒れる。老木となった幹の内部が腐って空洞になるからだという。なるほど。パリで買った白樺キャンドルが高かったはずだ。蠟を流し込むまでに、それだけの時間がかかっているのである。

誰か、倒れた老木を使ってこれと同じものを作らないかなあ、と声をかけたのだが、一度やってみようか、という返事はあったのだが、蠟を手に入れるのも面倒で、そのままになってしまっていた。

インターネットで調べると、最近は各地でキャンドル作りの講座が開かれていて、蠟の材料のパラフィンや芯糸、芯糸を垂らして重りにする座金などが購入できるようになっている。

この六月、ふいに、二十年ぶりに白樺キャンドルを作ってみようと思いつき、キー坊さんに誘いをかけた。山小屋仲間のセキさんが、ある店が主催するキャンドル作りの講座を受講して、ノウハウを仕入れてくるということになった。

七月の初め、山小屋にキー坊さんがやってきて、直径五センチ、高さ一〇センチほどの若い白樺の幹を二十個ほど持ってきた。幹の周囲が樹皮だけになった老木を見つけるのは無理だった。そのかわり幹の内部は大きなドリルでくり抜いてある。友人の林を間伐したとき、手に入れた白樺だった。浅間山麓は国有林や自然環境保護地区が多く、山に白樺がたくさん生えていても、勝手に切ることはできないのである。幹をドリルでくり抜く作業は、娘の中学三年生のユリカちゃんも手伝ったらしい。

パラフィンは顆粒状態の白い塊である。大きな鍋にお湯を沸かし、その中に小さな鍋を浮かせ、

白樺キャンドルの作り方。割り箸で芯糸を吊り下げ、パラフィンを幹の穴に注ぐ

そこにパラフィンを入れて湯煎する。五十八度くらいになるとパラフィンは溶け始め、やがて透明な液体になる。温度計でゆっくり掻き回しながら、お湯を八十度から八十五度に保つようにする。

白樺の幹の穴の中に、芯糸を座金に結んで、それを重りにして垂直に立てる。芯糸の上部は割り箸で挟み、割り箸で穴の中の芯糸を吊り下げるようにする。芯糸が歪むと、キャンドルは最後まで燃えなくなるようだ。パリで買った白樺キャンドルは燃えるにしたがって芯糸が蠟の中心から離れ、歪んでいることがわかった。そうなると、火を何度つけても消えてしまうのである。ススも出た。フランス人の仕事は雑だということがわかった。芯糸を蠟の中心に、垂直に立てるのはキャンドルにとって重要なのだ。

透明な液体となったパラフィンを、紙コップに入れて、白樺の幹の穴の中にゆっくりと注ぐ。し

輪切りのペットボトルを用いた改良案

ばらくすると透明だった液体は白い不透明な蠟の塊になる。七月になっても山小屋の気温は低い。完全に固まるまで五分くらいだったろうか。

最初はセキさんに湯煎の仕方を教わり、そのあとはキー坊さんとわたしのふたりが、夢中になって蠟を注ぎ込んだ。面白かった。蠟が固まったので、幹の上に載せていた割り箸を外すと、割り箸の跡が残る。こりゃ、いかん。というわけで、キー坊さんがペットボトルを輪切りにし、それを幹の上に載せ、そこに割り箸を載せるという方法を考えついた。これなら、蠟が固まっても、キャンドルの上部に割り箸の跡がつかない。

失敗を繰り返しているうちに、少しずつコツがわかってきた。蠟が固まっても、上部がきれいな平面にならない。アイロンを使って蠟を溶かし、上部が平面になるよう整えた。

みごとな白樺キャンドルが出来上がった。わたしたちは出来上がった二十個ほどのキャンドルを机の上に並べ、そのうちの一本に火を付けて、おっしゃれーっ、と言いあった。ほんとうに上品なキャンドルになった、ように思えたのである。

しかし、わたしたちはこのときはまだ、キャンドル作りの難しさに気づいていなかったのだった。

この時期の白樺は水分をよく吸い上げているので、生木のままだと黴が生えるということを知らなかった。それから一週間後、山は雨が降り続いたらしい。湿気が高くなると、保管しておいたキャンドルの底に黴が生えたということを知らされた。スコットランドの蒸溜所のように、アルコールに呼ばれてくる黒黴ならいいのだが。そうなら、「天使のわけまえ」キャンドルと名付けることができる。白樺なのに黒いキャンドルである。これも面白いだろうが、ともあれ、乾燥した老木でないといい白樺キャンドルができない、ということを後に知ったのだ。

それにしても、最終目的はつなぎ目なしの白樺の樹皮だけを巻きつかせたキャンドルである。いつか作りたい。

そんな遊びをやっているとき、トクさんがツリーハウスから下りてきて、ハウスの入口部分の処理をどうするか、あそこもやはり銅板を貼ってはどうかと言った。ハウスの入口から向かって左側の壁面はクリの木の幹が屋根を貫いていて、そこだけ開口部になったままなのである。処理の仕方について、わたしたちはこれまで結論を出さないままでいたのだ。

トクさんの案は、ハウスの内側から格子状に細い木を組み立て、クリの木の幹を取り囲むようにする。そして、その格子の上に外側から銅板を貼って、その壁面がクリの木に巻きついたようにする、ということだった。実際に銅板を置いてみて、ここでも屋根と同じように波打たせた銅板を貼って、木を取り囲むようにするのがデザイン的にいちばんいい、ということになった。二十年ぶりの白樺キャンドル作りとともに、この日、長く放置していた懸案がひとつ片づいた。

左ページ・完成した白樺キャンドル。
右下のひとつはパリで購入したもの

「雪山讃歌」とメロディライン

二〇一〇年八月

八月に入ると、山は急に秋風が吹く。今年の暑さは標高一三〇〇メートルにある山小屋にも、容赦なく襲ってきたのだが、秋になるのは例年通りの早さだ。風の変化で、樹木の緑が夏の色から秋の色へ微妙に変化していく。ススキの穂が白くなり、もう秋の光の中で輝き、そよいでいる。

地蔵峠から旧鹿沢温泉を抜け、新鹿沢温泉へ向かって降りていく道路（県道九四号線）に、「メロディライン」というコーナーがある。車で時速四〇キロで走ると、タイヤの振動で「雪山讃歌」のメロディが聴こえてくるのだ。

どうやら雪が溶けた今年の春頃、このあたりでアスファルト舗装の工事が続いていたが、そのとき道路に細かい溝が掘られ、音が発生するようなシステムにされたものらしい。しかし、わたしたちは誰もそのことを知らなかった。あるとき、峠の温泉のお湯に入って山小屋まで帰る夜道を車で走っていたとき、突然、妙な音楽が聴こえてきたのだった。かすかな唸り声のように低音で。幻聴か、と最初は思った。しかし、確かに聴こえてくる。わたしはそのとき助手席に坐っていた。運転していたのは八百屋のショウコさんだった。彼女のワゴン車に乗っていたのだ。ショウコさんに、何か聴こえるよ！　と言った。誰かが歌っているみたいだ。後ろを振り向くとセキさんと、ショウコさんの娘のユリカちゃんも、いっせいに、聴こえる！　と言った。四人で聴いていたからよかった。深夜にわたしひとりが車を運転していたら、幻聴だと思い、幽霊かとも思い、ゾッとしたに違いない。何しろ山道なのだ。夜になると滅多に車も通らないのである。全員で黙って耳を澄ますと、「雪山讃歌」の一番、「雪よ岩よ　われ等が宿り／俺たちゃ街には　住めないからに／俺たちゃ街には　住めないからに」という、四分の三拍子、十二小節のメロディだった。この間、約二十数秒。メロディを聴いただけで誰もが歌詞を思い出し、口ずさめるというのが、ポピュラーソングの魅力だろう。わたしたちは車をUターンさせて、もう一度坂道を下って「雪山讃歌」を聴き、そのメロディにあわせて、みんなで歌った。

車の振動があってもよく聴こえるときと、聴き取りにくいときがある。時速によって音程が狂い、テンポも狂う。途中でブレーキを踏むと、とたんに雑音になる。

そのときはまだ、道路際にメロディラインが設置されているという看板はなかった。しばらくしてから、ここから先にメロディラインがあります、という看板が立つようになった。そこには、時速四〇キロで走るとよく聴こえる、と書かれてあるのだが、実際にはもう少し早く、五〇キロから六〇キロの間がいちばん聴き取りやすいし、歌のテンポにもあう。看板に四〇キロとあるのは、山道の制限時速を守らせるためらしい。

メロディラインというのは、メロディロードとも呼ばれ、二〇〇四年に北海道で生まれたのだという。日本独自の発明なのだ。インターネットで調べると、「アスファルト舗装に深さ三ミリ〜六ミリ、幅六ミリ〜一二ミリの溝を掘り、溝と溝との間隔によって音階の発生や音域を、溝の幅によって音量の強弱を調整する」とあるのだが、確かに昼間、そのあたりの路面を調べると、アスファルト道路が三〇〇メートルほどの長さの洗濯板のようになっていて、無数の溝が刻まれていた。いったいどんな計算式で、楽譜にあわせた溝を掘るのだろう。

車が道路際に寄りすぎると、道路に掘られた溝によってタイヤが異常振動し、警告音が発生するというシステムは、ずいぶん前から高速道路には設置されていた。そのことからタイヤが音を奏でるということはわかるが、楽譜に合わせてメロディを奏でるようになるまでには、車のスピードや車体の大きさなどを勘定に入れねばならず、メロディラインが完成するまでには、さまざまな試行錯誤と実験の積み重ねがあったに違いない。

昼間に溝を調べたとき、溝のところどころに白く「×」印が付けられていて、どうやらこれは工事中に溝の間隔か幅を掘り間違った箇所らしい。それを修整した跡もあった。そんなアスファルト道路を眺めていると、道路が推敲過程の楽譜そのもののように、あるいはオルゴールのようにも見えてきた。日本人には珍しい、こんな遊び心のアイディアを実現させた人に敬意を表したいと思った。

車の前輪と後輪が、溝からそれぞれ異なる音を拾ってしまうと、メロディが重なって音楽にはならないだろう。きっと前輪と後輪の距離を計算して溝が掘られているに違いない。すると、バスやトラックのように前輪と後輪の距離が長い場合は、メロディをうまく奏でられないのかもしれないな。一度このことを確かめてみたいのだが、このあたりの定期バスの運行は数年前から中止になっている。ともあれ、群馬県では嬬恋村の他には草津温泉にもメロディラインがあって、そこでは「草津節」が奏でられているらしい。現在では、全国の十数ヵ所にメロディラインがあるという。

「雪山讃歌」の原曲はアメリカ民謡で、もともとは「Oh My Darling, Clementine（いとしのクレメンタイン）」として歌われていたものだ。大正十五年（一九二六）一月（あるいは昭和二年〔一九二七〕一月ともいわれている）、京都帝国大学学士山岳会の山男たちが、鹿沢温泉の旅館に泊まって合宿したとき、数日間吹雪に閉じ込められ、退屈しのぎに第三高等学校の英語の時間に習った「いとしのクレメンタイン」に、みんなで日本語の歌詞をつけた。それが後に三高山岳部の部歌となり、三高の校歌集に入って日本全国に広まり、やがて戦後にダークダックスが歌うことによって、さらに普及して親しまれるようになったと言われている。

鹿沢温泉は「雪山讃歌」の発祥地というわけで、この音楽を奏でるメロディラインができたようだ。ところで、この歌は歌詞が一番から何番目まであるのだろう、正式な歌詞では九番までとなっているが、時代が経るにしたがって歌う人が勝手に追加して、いまは三十番まであるとも聞いた。

そのうちの何番目かに、滝から落ちた山男をからかう歌詞があるらしい。わたしは聴いたことがないのだが、

「あれは、わたしのことを言っているのだよ。けしからん！」

とおっしゃったのは、今年の七月に九十歳で亡くなられた、動物生態学者で民族学者、文化人類学者だった梅棹忠夫さんだった。梅棹さんは「文化」よりも「文明」のほうが価値が低いとみなされていた時代に、「比較文明学」を提唱され、「文明学」を学問のジャンルとして確立されたことで有名だが、三高時代には山岳部に、京大時代には学士山岳会にいた。「雪山讃歌」が三十番近くある、ということをわたしに教えてくださったのも十年ほど前、元気な頃の先生だった。ある会の会議が終わって、お酒を飲みながらの話だった。

学士山岳会で登山をしていたとき、大きなリュックを背負って滝を降りていくコースで、他の隊員たちは無事だったが、梅棹さんだけがいきなり滝壺に落ちてしまったのだという。九死に一生を得たという。そのあとで学士山岳会のみんなから、梅棹の滝落ち、と言われて歌にまでなり、悔しい思いをしたのだという。わたしは笑った。黒眼鏡の先生も笑った。

梅棹さんは、ダークダックスの歌は、あんなもの「雪山讃歌」じゃないとおっしゃられ、作詞者が第一回南極越冬隊長になった西堀栄三郎になっているのも、あれは作詞者をひとりに決めなくてはいけなかったので仮に名前を使っただけだ。ほんとうは、学士山岳会のみんなが合作したのだと言われた。それから、梅棹流の「雪山讃歌」を低い声で歌われた。

山の話や探検の話をされるときの先生は、いつも楽しそうだった。お会いしたときは、そんな話にテーマをしぼって、いまのうちに聞いておきたいと思ったことを次々に質問した。戦前にモンゴルで家畜を調査したときのメモの取り方やスケッチの方法、現地語の学習法、中国東北部の地図上の空白地帯を、地図を作りながら探検したときの、地図作りの器具のことなど。驚いたことに、そのとき教えていただいた地図作りの器具や方法は、かつてチベットでトランス・ヒマラヤ山脈を発見した、二十世紀初めのスウェーデンの探検家、スヴェン・ヘディンのものと一緒だった。

わたしの大好きな旅行記のひとつに、ヘディンの『Southern Tibet』がある。わたしが持っているのはインドの出版社が復刻した英語版で、本文が九冊、付録が三冊あって、総ページ数が数千ページになる大部の学術調査報告書だ。わたしが好きなのはそのうちの付録三冊で、これは特別に大きい横長の本だ。それらはチベット奥地の、黒と赤の二色刷で印刷された地図なのである。一九〇六年から一九〇八年にかけてヘディンの探検隊が歩いたルートとその周囲、見えるところ数キロの範囲だけが等高線に落とされていて、周囲の風景のスケッチがある。それ以外の地域は空白として残されている。キャンプした地点では、周囲の風景のスケッチがある。それ以外の地域は空白として残されている。まるで蛆虫のように広大な土漠地帯を歩いているのが、手に取るようにわかるものだ。ページを繰るたびに、わくわくする。若い頃の梅棹忠夫さんも、同じようにして中国東北部を歩いたのだった。

峠の温泉旅館「紅葉館」の前には、「雪山讃歌」の碑があって、京大の学士山岳会が旧鹿沢温泉でスキー合宿をしたのは、大正十五年（一九二六）一月と記されている。合宿が終わってから、西堀栄三郎、後に京大カラコルム遠征隊長となった四手井綱彦、アフガニスタン遠征隊を勤めた酒戸弥二郎、東大スキー部OBで後にチャチャヌプリ遠征隊長となった渡辺漸の四名が新鹿沢温泉までスキーで下りて宿泊、その翌日から吹雪にあって宿に閉じ込められたとある。そこで「皆で上の句、下の句と持ち寄って作り上げたものである」と碑には記されている。

となると、いったい作詞した場所は旧鹿沢温泉なのか、新鹿沢温泉なのか、また、どこの旅館だったのかがよくわからないのだが、まあ、そのことはいい。歌詞の内容は鹿沢温泉の角間峠付近の風景を歌ったものとされている。また、「雪山讃歌」は長く作者不詳となっていたが、京大学士山岳会の隊長でもあったフランス文学者の桑原武夫が、作詞者を西堀栄三郎として一九六〇年に著作権登録をしたらしい。

この碑の題字は西堀栄三郎が揮毫しており、「紅葉館」の茶の間には、いまも西堀栄三郎直筆の「雪山讃歌」の歌詞の一番が書かれた大きな書が掲げられている。西堀先生は「紅葉館」の常連だったのである。

もともとフィクションである詩の歌詞について、それが書かれた場所や、現実のどの風景が描かれたのかということを特定するのは、あまり意味のあることではない。フィクションは現実と細い糸でつながっているが、その糸はあくまでも抽象の糸である。まして「雪山讃歌」のように多くの人々が関わって歌詞が作られた場合は、作詞した場所も、描かれたイメージも、どこと特定できず、さまざまに重なっているだろう。西堀栄三郎たちが合作したあと、「雪山讃歌」が三高山岳部の部歌となって以後も、山岳部員たちは歌詞を何番も追加し続けたし、京大学士山岳会の隊員たちもそうであった。第一、この歌に「雪山讃歌」という題名を付けたのは誰なのか、ということもよくわかっていないのだ。

このことは、ポピュラーソングの成り立ちというものをよく教えてくれる。ポピュラーソングは個人のオリジナリティが作り出すものではない。ひとりの作者がいて、ひとりの作曲者がいて、ひとりの歌手がいて、ということはあっても、その歌が普及するには、多くの聴き手が自分なりの勝手な思いを込められるものであること、つまり同じ曲で新たな歌詞をアレンジして付け加えることが可能なような構造を持っていないと、ポピュラーソングにならないのである。

その時代の共同体と共振するということがないと、人々に親しまれるポピュラーソングは生まれてこない。共振するというのは、作者がいても歌われているうちに忘れられ、いつのまにか「詠み人知らず」になる、作者不詳になる、ということでもある。「雪山讃歌」の歌詞は、最初から合作であり、作者不詳であった。後に著作権の関係で個人の「作者」が作られたのであって、これもまた現在のポピュラーソングの宿命とも言える。この逆転現象が面白い。ちなみに現在、作詞者は「西堀栄三郎・(社)京都大学学士山岳会」という連名になっている。

「雪よ岩よ　われ等が宿り」というのは、山男独特の孤絶感が歌われているというよりも、ある種のエリート意識が底にある。「俺たちゃ街には　住めないからに」には、下界の世俗の人間と「俺たち」は違うのだという、からかいと励ましと、それらに通底する共同体意識がある。「雪山讃歌」は旧制高等学校の「寮歌」と同じ位相で作られている。それがいまも口ずさむことのできるポピュラーソングに変貌したのは、メロディラインがそうであるように、掘られた溝に共振するタイヤがあったからなのだ。溝が擦り切れるまで、タイヤは歌を奏でるだろう。

壁を塗る

二〇一〇年八月

ツリーハウスの外壁は合板パネル。その上に土壁を塗りたい、しかも黄色の土壁を。そのイメージがいつまでもわたしの頭のなかに揺らめいていた。ツリーハウスを支えるクリの木が秋から冬になって葉をすべて落とした後でも、春から夏にかけて緑の葉を繁らせても、黄色の土壁なら自然だし、色としても映える。銅葺きの屋根は、時間が経つにしたがって黒く沈んだ色になっている。ここには土壁の暖かい色がほしい。

建築史家の藤森照信氏が設計した茶室「高過庵《たかすぎあん》」は、銅葺きの屋根の下に黄色の土壁というシンプルな姿をしていた。それがポツンと長野県茅野市の空の上に浮かんでいるイメージはシュールだった。六・五メートルの高さの二本のクリの木によって支えられた庵。二年前の八月、藤森氏に案内されて山小屋の仲間と「高過庵」を見学して以降、この建物はわたしたちに強烈なイマジネーションを呼び起こし続けたのである。

わたしたちのツリーハウスは生きたクリの木の上に載っているから、空の上に浮かぶ、という雰囲気にはならない。秋から冬にかけては木の幹の間に浮かぶ、春から夏にかけては緑の葉の間に浮かぶ。そこに八角錐の塔の形をした巨大なミノムシがいる。あるいは西洋中世の魔女が帽子をかぶったような、奇妙なオブジェが引っかかっている、という雰囲気だ。

冬の間、ツリーハウスの二段目のデッキの縁に吊り下がっていた小さな蛾のサナギのことが思い浮かぶ。サナギから蛾が孵化するのを待っていたのだが、ついに何も孵らなかった。どうやら死んでいたらしい。あるとき、わたしはいつまでもぶら下がっている薄緑色のサナギをつまんで捨てた。そのときの手触りを覚えている。サナギの袋は美しく頑丈で、カイコの繭と同じような、細かな皺があり小さな粒に被われていた。まるで土壁のような手触りをしていたのである。このサナギの形を真似ることはできないが、手触りを真似たい。

「高過庵」と同じ、軽い壁材を手に入れることにした。藤森氏に紹介してもらって、熊本にあるシブヤ製作所に「エクセルジョイント」と名付けられた壁材のサンプルを送ってもらったのは一年前のことだった。合板パネルの上にわずか一ミリという厚さで壁土のような風味を持った樹脂系の外壁材を塗ることができる。パネルの上に直接、塗ることができるのだ。雨にも強い。黄色の土壁にするには、ホワイトの壁材に幾種類かの色粉を混ぜる必要があった。夏の初めに熊本の会社に連絡すると、社長のシブヤさんがいま東京に出張中だという。明日、お会いしましょう、と言われた。なんというフットワークのよさだろう。わたしたちが必要としているのはほんとうに小さな壁なのに、直接会って塗り方を教えます、とおっしゃったのだ。

シブヤさんと東京の喫茶店でお会いしたとき、わたしは携帯用のパソコンに入れた現状のツリーハウスの写真を見てもらった。ここに塗りたいと説明すると、どんなふうに粉材料と混和材（ボンド）を混ぜればいいのか、色粉は黄色と茶色と黒色の三種類が必要で、その配合率と混入するタイミング、そして塗るときにはどういうところに注意するべきかなど、素人にもできる方法をわかりやすく教えていただいた。おまけに材料を混ぜるための電動のハンドマゼラーという撹拌機も貸してもらえることになった。電動ドリルを改良したもので、長い棒の先に攪拌用のプロペラが付いた左官道具である。木枠と合板パネルの隙間、あるいは合板パネルをつなぎ合わせた隙間などを塗り込めるためには、金属の鏝《こて》ではなくゴムの鏝で壁材を押し込めることが必要で、それも貸してもらえることになった。

素人が塗るとね、一ミリや二ミリの厚さに収まらないで、四ミリくらい厚く塗り重ねてしまうのですよ、とも言われた。材料はその分、多い目に注文することにした。わたしはまったく何もわからないままで左官作業をしようとしていたのだが、シブヤさんから懇切丁寧に具体的な作業方法を教えてもらっているうちに、まるで油絵を描くときの、ベニヤ板のキャンバスに下地用のファウンデーションホワイトを塗るときのような感触が甦ってきた。高校時代、わたしは美術部にいて、ベニヤ板をキャンバスにして、百二十号という一畳半ほどの大きさの油絵をたくさん描いた。板の上に絵を描くためには、基礎作業としてファウンデーションを塗る必要があるのだが、その材料は自分で作った。白色顔料の亜鉛華に亜麻仁油を混ぜてホワイトを作り、そこにボンドを混ぜる。たちまちのうちに固まるので、ペインティングナイフですばやく塗る。塗り方を乱暴にすればするほど、思いがけないマチエール（絵肌）ができて、その上に描く筆のタッチが面白くなる。そんなかつての経験を思い起こした。これは面白くなるぞ、という予感がした。

夏の晴れた日を待った。ツリーハウスの壁を塗っている最中に雨が降ってきたら、すべてはおしまいである。しかも「エクセルジョイント」という壁材は四時間で固まる。四時間以内で勝負しなければならないのだ。最低数人の左官要員が必要だ。しかもわたしたちはツリーハウスのてっぺん部分、採光用の窓の周囲の外壁も塗ると決めたのだが、ここへ足場を作ることはできない。銅葺きの塔の本体の屋根の上にも足を乗せることはできない。波打たせた銅葺きの屋根はすぐに歪んでしまう。片手でクリの木につかまりながら、もう一方の手で鏝を動かすという曲芸のような作業になる。そんな危険な場所でアクロバチックな作業ができるのは、これまでのネパール式「風のブランコ」作りの高所作業の経験から考えて、アジャール君しかいなかった。ネパール人の彼は木の上には裸足で登る。トゲが刺さると、自分の足が軟弱だと、足を叱るような男である。

八月十九日。建材屋のトクさん、床屋のナカザワさん、エンジニアのタケさん、アジャール君、そしてわたし。この五人で壁を一挙に塗るということを決めたのだったが、当日の朝、山小屋で目覚めると曇り空で、いまにも雨が降りそうだった。せっかくみんなに声をかけたのに、延期する以外にないのか。そんなふうにガッカリしていたら、午前七時、勢いよく山小屋の階段を上がってきたトクさんが、大丈夫、晴れる、晴れる、といっこうに雨を気にしない。やる気満々だった。その勢いに負けたのか、山の天候は徐々に晴れていった。

翌二十日から詩と音楽のコラボレーション集団VOICE SPACEの山小屋合宿が始まる。そして二十一日には、小室等氏とこむろゆいさんを招いて、第五回「コムロ祭」と称した音楽コンサートをやる。VOICE SPACEも参加する。まだツリーハウスは内装も完成していないのだが、外壁さえできれば完成したようなものだ、ということで、わたしはこのコンサートを「ツリーハウス完成記念・コムロ祭」と銘打ってしまったのである。村の人たちがたくさん集まるので、それまでにツリーハウスの外壁の左官作業だけは、なんとしてでも終えてしまわねばならなかった。

シブヤさんは八平米分の材料をふたつに分けて送ってくださった。一挙に塗るのは素人には無理だろう、半分ずつに分けて塗ると急がなくてもいい、という配慮だった。三種類の色粉も配合率にしたがって、ふたつの袋に混ぜてある。色粉の配合はどれかの色が一グラムでも狂うと同じ色にならないので、風のない室内で精密な天秤計を使って調合したという。

わたしたちはそのひとつの袋を、さらにふたつに分けた。色粉も慎重に重さを計ってふたつにわけた。つまり二平米分の材料を最初に塗り、その後で、さらに二平米分を塗る、というふうにしたのである。実際にどんなスピードで固まるのか、ちょっとずつ試してみたかったのだ。

ペール罐に混和材（ボンド）を一リットル入れて、粉（エクセルホワイト）を一・五キログラム入れる。ハンドマゼラーで五分間混ぜる。その段階で色粉を入れる。たちまちのうちに暗い黄色になる。ハンドマゼラーの勢いは強くて、ペール罐から混練した材料が飛び散った。それがズボンに付いた。いったん付いて固まると、どんなに洗っても取れない。布のように伸縮自在なものにも、この壁材は強固にくっつくのである。

色粉を混ぜ終わると、残りのエクセルホワイトを一・五キログラム入れてふたたび混ぜる。この段階になると猛烈に固くなる。なるほど、ここで色粉を入れてもうまく混ざらない、と教えられたわけがわかった。ハンドマゼラーを握る手に力がかかる。アジャール君がハンドマゼラーを握り、トクさんがペール罐を押さえた。五分間混ぜて、粘度の高い壁塗り材が出来上がった。

急いでツリーハウスに上がり、アジャール君が玄関横の壁から塗り始めた。山側の壁をわたしも塗った。徐々に鏝の力加減と塗る要領がわかり始めると、わたしはもう夢中になった。片手で木につかまりながら、片手で鏝を動かすという姿勢になっても、高所にいる怖さを忘れてしまった。シブヤさんに左官作業のコツを教えてもらっていたとき予感したように、かつての高校美術部の時代に一挙に戻って、油絵のキャンバスの下地作り作業の感覚の渦に巻き込まれてしまったのだった。できるだけ丁寧に塗らないで、荒々しく鏝の跡が残るように塗る。壁肌に手作業らしい痕跡がつく。そのマチエールが面白い。

トクさんが水に濡らした刷毛で、壁の木枠（見切り）にはみ出たエクセルの汚れを拭き取り、ナカザワさんとタケさんがツリーハウスの内部に入って、エクセルを鏝板に補給してくれた。そんな連携プレーが自然と出来上がっていた。鏝板というのは壁土を盛るための左官用の板のことで、この板から壁土を鏝で掬い取る。この鏝板はナカザワさんが自作してくれたものだ。エライ！　ナカザワさんは床屋なのに、ツリーハウスの工事をやっているうちに大工仕事が好きになってしまったのだ。

一度目を約二ミリの厚さで塗り、二度塗りで約四ミリの厚さになった。素人の塗り方である。合板のつなぎ目の隙間にはネットを貼って、その上にエクセルを塗り込める。こうしておくとひび割れが生じない、と教えてもらったのである。

そんなふうにして、ツリーハウス本体の外壁四面を、わずか一時間半で塗り終えた。凄い！　凄い！　とみんなが声をかけあった。スピードが要求される作業というのは、作業員同士の連帯感がすこぶる緊密に生まれるのである。

いったん休憩してから、二度目の壁材作りをやり、今度はてっぺん部分、採光窓の周囲の外壁を塗った。塗る前に、本体の屋根にカバーシートをかけた。銅葺き屋根の上に点々と壁材がこぼれ落ちると、すぐ固まって剝ぎ取ることができない。そうなると、悲劇だ。

アジャール君がひとりで木の上に登って、採光窓の周囲を巡り、みごとな曲芸を続けながら、鏝を使った。ツリーハウスの内部ではナカザワさんが脚立に乗って、壁材を補給し続けた。首が痛くなったと言う。アジャール君は「力が入らないので、ここのエクセルは厚いよ」と言い、確かに分厚くなったが、固まってしまえば、それも味になるだろう。

壁塗り作業のすべてが終わった夕方、ツリーハウスの採光窓にランプを灯した。そしてわたした

左ページ・アジャール君がツリーハウス出窓側の壁を塗る（上）。塗り終えた山側外壁（下）

ちは山側から、谷側から、あらゆる角度からツリーハウスを見上げた。土壁はまだ乾いていないので、ヨウカンのように濡れて、やわらかな光沢を放っていた。暗くなってきたが、その壁面の感触がいい。

壁塗り作業をやって初めてわかったのは、建物における壁面の存在感は、とてつもなく大きい、ということ。屋根も大事だけれど、壁面の材料、デザイン、肌理《きめ》、それらで、建物のイメージが大きく変わる。

ツリーハウスは一挙にどっしりと落ち着いた雰囲気になった。それまで外壁は合板パネルのつぎはぎが目立って、仮設住宅の雰囲気だったのだが、黄色の壁土が四面のすべてを被うと、シンプルに、気品のあるものになった。

壁土を塗り始める前、ツリーハウスの内部を見ると、山側の窓の周囲の合板パネルが、何ものかによって齧《かじ》られた跡があった。ムササビである。奴はここに住みつく気でいるらしい。合板パネルの糊を食べている。壁塗りの最後、残っていた壁材を使って、ムササビが齧った部分を塗り込めた。この頃になるとわたしは左官作業のコツを習得して、約一ミリの厚さで壁材を塗れるようになっていたのだった。まるでベニヤ板のキャンバスにファウンデーションを薄く塗るように。これでどうだ、樹脂系の固い壁材ならムササビも齧る気にならないだろう。

二十一日の「コムロ祭」は、ツリーハウスの上から始まった。VOICE SPACE の夏の山小屋合宿に今回初めて参加した小鼓奏者イシイ・チヅルさんが、三階のデッキに立って、山々に向かって鼓

左ページ・ツリーハウス３階デッキから鼓を打つ。
「ツリーハウス完成記念・コムロ祭」の始まり

を打ち鳴らした。テン、テ、テンテン、ヨー、ホォーッ。囃子詞も入れて、コンサートの開始を告げたのである。

集まったみんながその音に驚いて、銅葺き屋根と土壁の風合いがマッチした、新たなイメージのツリーハウスを見上げた。

秋の音

二〇一〇年十月

昼間、ツリーハウスの上にいると、森の奥のほうから木の枝の落ちる音がする。バサッ、バサッと、それは枯れ葉の上に落ちているようなのだが、しばらくすると音はやむ。なぜ、こんな時期に枝が落ちるのだろう。冬ならば、雪の重みで木の枝が落ちるのはわかる。十月。秋も半ばである。クリの実は屋根の上にしばしば落ちて転がる。コツン、コツンと高い音が響く。その音は聞き慣れている。そんな可愛らしい音ではない。

わたしだけが聞いたのか、と思っていたら、床屋のナカザワさんも同じような音を聞いたと言った。八百屋のキー坊さんが、「ひょっとして」と言った。「クマがクリの木に登って枝を折っているのかもしれない」

山小屋の周辺にはクリの木も、ドングリが実るブナやナラの木も豊富にある。冬眠前のクマは食欲旺盛で、地上にクリやドングリの実が落ちていなければ、平気で木に上る。

クマがクマザサの中を歩いているとき、音はまったくしないという。どういうふうにしてそんな歩き方ができるのかわからないのだが、これはキー坊さんがマタギ（猟師）たちから聞いた話である。鉄砲を持って前方を狙っていると、ふいに後ろのササ藪の中から音もなくクマが現れて飛びかかってきた、ということもあったらしい。あの大きなクマが音もなくクマザサの中を歩くというのは信じられないのだが。

今年の夏はこの山でも三十度を越す異常な高温になった。おかげで山の植物の成長を狂わせたらしく、紅葉は一ヵ月近く遅くなっている。十月の半ばになるとカラマツの葉はすでに金色になっていなければならないのに緑のままだ。白樺も同じ。山でまっさきに赤くなるウルシの葉がまだ黄色。紅葉する前に散ってしまっているツタウルシもある。クリは三分の一くらいが黄色になりかけた、というところか。紫色のアケビの実は、いつもなら自然に裂けるのだが、今年はまだ実を引き締めたままだ。ススキは異常なほど背丈が高くなり、茎も太い。夏の高温と降り続いた雨が、ススキの生育に適したらしい。

セキさんが山小屋の斜面を通っている細い村道の草を刈って、山の奥のほうにある白樺林までの道を確保しようとしていたときだった。草刈り機を使ってクマザサを刈っていたのだが、怖くなった、と言って逃げ帰ってきた。クマザサの繁みの中に、明らかに大きな獣の寝床と思える空間が出来ていて、真新しいクマザサが床に敷きつめられていたという。近くにクマがいる、と思い、草刈り機の回転を高めて大きな音を響かせながら戻ってきた。みんなで夕食をしていたとき、その話を聞いたキー坊さんは、しばらく真面目な顔をして黙っていたかと思うと、ふいに言った。「ふたつ

左ページ・秋の収穫。山小屋周辺のリンドウとキノコとドングリ

のことが考えられます。ひとつはクマ、もうひとつはイノシシの可能性があります」

　イノシシは住処としてではなく、歩いている途中で休憩する場所を作る習慣があるのだという。キー坊さんはこの近辺の山のことなら誰よりも詳しい男である。中学生時代から山の隅々を歩き回っている。二十代まではマタギたちと一緒に、鳥やウサギを撃っていた。クマやカモシカの駆除にも参加した。キノコの種類を見分けることができ、浅間山麓の絶壁に自生している珍しい「岩松」（イワヒバ）の生える場所などを知っていて、つい最近も山小屋に持ってきてくれた。彼のフィールドワークの経験にもとづいた話にはみんなが耳をそばだてる。

　イノシシが山のそこかしこに休憩所を作っているなんて、わたしは初めて知った。「イノシシは昔は、このあたりにはいなかったんだけどね」。山の生態系は少しずつ変わっているのだ。しかしクマに関しては、その行動範囲はいまも変わらないという。マタギたちの話では、浅間山を中心として円を描くようにして、季節ごとに食べ物を求めて移動するらしい。

　春先に最初にクマが出るのは、小諸市近くの山だという。その後、クマは浅間山の南側、小諸市北部にある高峰高原（標高二〇〇〇メートル）へ移動する。そこから長野県と群馬県の県境にある鳥居峠へ。この峠は四阿山《あずまやさん》（嬬恋村では「吾妻山」とも言う。標高二三五四メートル）の麓にある。クマはこの山を登って南側の山腹にある「的岩」（標高一七六九メートル）の下の渓谷に現れる。

「的岩」は文字通り、積み上がった岩のひとつひとつがまるで弓の的のように同心円状の柱状節理を見せている奇岩だ。溶岩が地中から噴出して、長さ約二〇〇メートル、高さ約二〇メートル、厚さ約二—三メートルの屏風のような岩の壁を作っている。初めて見ると、まるで人工的な城の石垣かとも思わせるものだ。嬬恋村の伝説では、建久年間、この地に狩りにやってきた源頼朝がこの岩を的にして矢を射る練習をさせた、ということになっているのだが、あるいはまた、江戸時代に真田藩の忍者、猿飛佐助が忍術の練習をした、ということにもなっているのだが、もちろん史実ではない。わたしたちは秋に、四阿山の山頂近くに自生しているブルーベリーを摘みに行くとき、的岩でいつも休憩する。そのたびに、よくまあ、ニンゲンはまことしやかに伝説を作るものだと感心する。

的岩に登って南側を見下ろすと、断崖絶壁で深い谷になっている。クマはその渓谷を東に向かって歩く。干俣地区から三原地区まで。さらに吾妻川が流れる渓谷に沿って東へ移動し、最後は川原湯温泉の近くの山に現れる。いまダム工事を進めるかどうかで問題になっている八ッ場ダム建設予定地だ。クマはこの地の渓谷の上部、ダムで水没する予定地区よりもなお標高の高い岩屋で、毎年、冬眠するらしい。壮大なスケールで一年間、半径約一八キロメートルの円周軌道を歩いているのだ。

十月の最初の週に、北軽井沢の公園で今年も「杜のクラフトフェア」が開かれた。山小屋の草木染めチームは「けやき工房 in ALICE JAM」と名付けた店を出した。草木染めと音楽のコラボレーションと銘打ち、VOICE SPACEの代表で箏曲家のサワムラ・ユウジがテントの中で演奏したのは去年と同じだが、今年は尺八奏者のワタナベ・モトコも参加した。モトコちゃんはVOICE SPACEでは、鼓のイシイ・チヅルと組んで、谷川俊太郎さんの言葉あそび歌の詩「したもじり」（作曲・中村裕美）を演奏している。「なげなわのわもわなげのわもあわのわもわ」。この「わ」の音の繰り返しを、尺八を吹きながら唱えるという、技巧を要する演奏である。

彼女の尺八が伴奏として加わったおかげで、お箏の演奏曲目が増えた。ユウジ君は宮城道雄の「春の海」を奏でながら、去年はこれが弾けなかったんだよなあ、と言った。彼は、セレナーデのような尺八の音色とともに宮城道雄の「秋の調べ」（作詞・小林愛雄）も演奏しながら歌った。テントの中で演奏が始まった直後、草木染め作家のヨコヤマ・ヒロコさんがいきなり、嗚咽した。従姉妹のイナミ・ナオコさんが笑いながら彼女の肩を抱いた。出店までの心労が、邦楽の美しい音色とともに溶けだしたのだろう。この一瞬で、草木染めと音楽のコラボレーションは成功したのと同じだった。

演奏の合間、モトコちゃんは草木染めの帽子をかぶりショールを首に巻いて店先に立った。彼女が選んだ帽子とショールは、お人形のようによく似合うので、マスコットガールとなって、お客さんを呼び寄せた。

十月の三週目の週末、山小屋の隣にあるスキー場跡地の草刈りを始めた。毎年、アジャール君が草刈隊のリーダーとなっているのだが、今年は、キョッキー夫人と一緒にカトマンズに里帰りしている。父親の身体の調子が思わしくないことと、この時期にネパールで一年間で最大のお祭りである「ダサイン」があるのだ。正月と同じなのである。親戚中がアジャール君の家に集まるので、いまや家長の役割をしている彼はその接待をしなければならない。

今年のスキー場跡地のススキは強靭である。遠くから見ていると約一五ヘクタールの斜面に白い穂が並ぶ様子は例年になく美しいのだが、いざ刈ろうとすると、一度草刈り機を振り回しただけでは倒れない。太くなっている茎の根元は、秋だというのにまだ青い。右から左へ草刈り機を振り回すと、ススキは倒れる拍子に先端の白い穂を顔にぶつけてくる。穂先の花粉が口に入る。まるで獣が雄叫びをあげながらもがいているようだ。ススキと向きあっていると戦闘気分になる。

ナカザワさんの長男ダイスケ君が、今回、初めて草刈り隊に参加した。彼は理髪師になってしばらく東京で働いていたが、いまは故郷に戻り散髪もできる介護士として老人福祉施設で働いている。休暇がなかなか取れないのに突然、一日だけ休むことができたと言って駆けつけてくれたのだ。わたしは草刈り機の使い方を教えた。最初はヘッピリ腰だったがすぐに熟練した。

高崎からは、ヨッちゃんが草刈りに参加してくれた。彼はいまはリフォーム会社の副社長だが、山小屋には小学生のときから遊びに来ていた。この数年、仕事が忙しくて山小屋に顔を出せなくなっていたのだが、この夏、ひさしぶりに奥さんと三人の子どもたちを連れて遊びにやってきたとき、建設中のツリーハウスを見て驚いたらしい。わたしに「本気で愚かしいことをしている。これには参りました。この五年間、僕は何をしていたのかと、反省しました」と言ったとき、目がうっすらと潤んでいた。ああ、こんな感動の仕方があるんだ、と思っていると、横で聞いていたアジャール君が目を丸くして怒った。「何を言っているのですか。仕事をしっかりして会社の経営をうまくやり、子どもを三人も育てて、それ以上、立派なことはない。何を反省することがあるのですか」。

まさしく、カトマンズのアジャール・アディカリ家の家長らしい発言だった。

ヨッちゃんはそのとき以来、山小屋のプロジェクトには無理をしてでも参加すると秘かに決めたらしく、今回も午前九時にやってきて数時間、草刈り作業をやってから、高崎に戻った。

十数年ほどのタイムラグの後、この夏から毎回、家族で顔を出すようになったのは、ミドリさんもそうである。彼女は東京の女子高生のときから山小屋に出入りしていたが、結婚してからは遠のき、子どもが生まれてからはさらに遠のいた。それが、突然、長女の小学四年のジュリカちゃんを連れてやってきて、次は旦那のナオキさんと三人で「コムロ祭り」に参加し、それ以来、すっかり山小屋の毒が回ったか、常連メンバーに復帰したのである。今回はナオキさんも初めて草刈り機を回した。彼は新聞記者だから一日中、パソコンの前に座っていることが多い。その彼が草刈りに夢中になりだしたとき、顔つきが変わっていた。「癖になりますね、これは」と言った。無心に草を刈る以外にないので、ストレス解消にもってこいなのである。

草刈りは今日もまだ続いている。渋川からタケさんとアッコちゃんの夫妻が来てくれた。山の斜面を専門に刈るのは例年のように山形屋、長野原の旅館の主人のアワノさんである。ワタナベ・マツオさんが熊谷から日帰りで。嬬恋村役場のサトウさんが太った身体を揺らしながら参加した。午後からはチェロの練習に行くと言った。草刈り機を回したあとに続く手の震えが、弓の動きを絶品にするのではないか。ナカザワさんはゴムのエプロンを着けて草を刈った。危険防止用だ。キー坊さんは二十年来使っているという優れた草刈り機を使い、三メートルの幅を一挙に刈り取っていく。

「このスピードでないと仕事じゃないですよね」とプロの意見。六台の草刈り機の音が山に響き続ける。

夜、山小屋のパソコンで、カトマンズのアジャール君とスカイプを使ってテレビ電話をした。スカイプは何時間使っても無料だ。カトマンズの家がモニターに写し出され、父親の詩人であるチェトラ・プラタップ・アディカリ氏も、「ササキさん、ひさしぶりです」と言って登場した。「セキさんの顔を見たい」と言うので、セキさんもカメラの前でしゃべった。わたしたちは旧館ですき焼きをしている最中だった。山小屋では「シジンのすき焼き」と呼ばれていて、わたしが鍋奉行をつとめて関西風のすき焼きの味にする。おいしいと評判なので、わざわざ食べに来る村の人もいる。その鍋の風景を写すと、向こうは「ダサイン」のお祭り用の食べ物や台所の風景を写した。台所の天井には山羊の頭付きの肉が燻製となってぶら下がっていた。みんなが口々にカトマンズと会話し、ナマステ！　バイバイ！　と言ってスカイプでの通話を終えたあと、わたしはしばらく、ぼんやりした。

何度か訪れたアジャール君の家の風景を見て、懐かしかったこともあるが、初めてカトマンズに行った二十五年前のことを思い出したからである。あのときの異郷の地へ旅立つ前の緊張感は何だったのだろう。わたしは何に身構えていたのだったか。インターネットの普及は、地球の文化を激変させた。

しかし、山のススキは毎年同じ場所に育ち、クマは一貫して、同じルートを歩いているのである。

民謡を作るということ

二〇一一年一月

長く現代詩を書いてきた人間にとって、民謡というジャンルは鬼門である。盆踊り唄のようにポピュラリティがあり、何世代にもわたって老若男女が口ずさみ、お囃子があり、しかも身振り手振りで踊ることができるという詩歌の世界は、現代詩とはまったく別のジャンルにある、と言ってもいい。歌謡曲も現代詩とは遠いが、民謡や音頭はさらに現代詩からは遠い。

民謡には作者という個人がいるようでいて、個人は消えている。その時代とその土地の流行語や決まり文句、常套句がふんだんに使用されていることが肝心で、しかもそこに新たな常套句や定型となりうる言葉が組み込まれていなければ、新しい民謡とは言えない。

江戸期から歌われている民謡の多くは、文字の読めない人々が口伝えに伝えてきたものであり、漁師たちが港ごとに伝え、瞽女《ごぜ》さんが旅先で伝え、山の民が牛を引きながら宿場ごとに伝えたりした。それを聴いて宿場の飯盛女や芸者たちがうたった。

だから、ひとつの民謡のルーツを探っていくと、かつての水運のルート、山の民の移動ルート、放浪芸の芸能者たちがたどった宿場町のルート、というふうに、人間が歩いた道筋にそってバリエーションを拾うことができる。文字に書かれたものをそのままなぞっているわけではないから、歌詞は広めた人によって異なり、移入された土地ごとにさらに変化する。受け止めた歌い手はその土地ごとのアクセントや風土への思いを込めるから、言葉のリズムもメロディも変化する。そのようにして、言葉の定型パターンのメルティングポットとも言えるものが、優れた民謡となってうたい継がれてきたのである。

二〇〇九年九月、突然、津軽三味線の二代目高橋竹山さんから一通の手紙が届いた。差出人は竹山さんではなく、夫であるアルピニスト青田浩さんだった。竹山さんが住んでいる新潟県糸魚川市が、ユネスコの支援する世界ジオパークネットワークから日本で最初の「世界ジオパーク」のひとつに選ばれた。ジオパークとは「大地の公園」という意味である。世界遺産とも呼ぶべき自然景観や地形、そこに根付いた文化などが評価されたのだ。これを言祝ぐために歌って踊れる音頭を作ってほしい。十二月に発表会をやりたいので、それまでに歌詞を。作曲は小室等さんを予定している、というのである。

初代の高橋竹山さんの芸は、わたしが二十代の頃、渋谷の小劇場ジァン・ジァンの定例演奏会で聴いたことがあった。盲目の演者の、津軽の冬の海の浪しぶきが客席にふりかかってくるような、圧倒的に激しい演奏は、当時の若者たちに津軽三味線ブームを引き起こした。その内弟子をしていたのが当時、高橋竹与と名乗っていた女性奏者で、現在の二代目竹山である。

二〇〇八年夏、山小屋で小室等コンサートを開いたとき、近くまで演奏活動に来ていた二代目高橋竹山さんと夫の青田浩さんが遊びにきたことがあった。当日は雨だったので彼女は三味線を持ってこなかった。雨は三味線の大敵なのだ。コンサートが終わった後の二次会で、彼女はアカペラで津軽民謡をうたってくれた。そのときからわたしと竹山さんとの交流が始まったのだった。山小屋が取り持つ縁である。

それにしても、現代詩の作者に音頭の歌詞を頼むとは、無謀にすぎる。第一、わたしはジオパークの何たるかも知らなかったし、糸魚川にも行ったことはなかった。

小室さんに電話をすると、その話はまだ聞いていない、と言い、手紙の内容を伝えると「竹山さんの頼みならしょうがないよねえ。ミキロウさんが書くなら作曲するよ」と彼は言った。それにしても発表会の予定は早すぎる。延ばしてもらおう、ということになった。

わたしは最初、断ろうと思ったのだったが、ふいにやる気になったのは、中原中也が生前、読売新聞が募集した「流行小唄「東京祭」」に応募し、みごとに落ちていたこと（昭和八年）。また晩年、神経衰弱が嵩じて千葉市の精神病院に入院したとき、千葉方言を使った民謡を院長に読ませる患者用ノートに書いていたこと（昭和十二年）、などを思い出したからだ。どちらの歌詞も、残念ながら歌謡曲にも民謡にもなっていない。「詩」よりももっと野太いポピュラリティを要求される民謡の「詞」の世界に、中原中也は皆目、太刀打ちできなかった。しかし、他ジャンルに手を染める実験精神は見習うべきだ。やるからには中原中也の二の舞にはならないぞ。

近代詩歌の世界で、歌謡曲や民謡の作者として西條八十の実力は卓越したものがある。中原中也の応募した流行小唄の作品を落としたのは、選者の西條八十であった。また、北原白秋は詩や短歌の他に童謡をたくさん残しているが、優れた民謡も数多い。静岡県の民謡「ちゃっきり節」の作者が北原白秋だと知っている人はどれほどいるだろうか。

わたしはいままで一度もやっていないから、やってみようと思ったのだった。いや、一度だけ、もう二十年以上前に、わたしの故郷である大阪の河内音頭取り、故井筒家小石丸から、河内音頭「仏供養地蔵和讃」の冒頭部分（これを「枕」と言う）の歌詞を頼まれたことがあった。河内地方で長くうたい継がれてきた「仏供養地蔵和讃」を、平成元年の幕開けにふさわしい新しい「枕」でうたいたい、というのだった。河内音頭はそんなふうにして、昔から少しずつ歌詞の組み替えをやってきたのである。しかし、わたしはそこではあくまでも既成の音頭のリズムに乗せる、冒頭の短い歌詞を書いただけだった。

今回は、歌詞も曲もすべて新しいものが要求されている。わたしは北原白秋に習って、現地に何度も行こうと思った。「ちゃっきり節」を作るとき、白秋は静岡に数ヵ月も逗留していた。待合で酒を飲む日々が続いたが、いつまでたっても詩句は生まれてこなかった。あるとき、彼が酒を飲んでいる部屋に土地の芸妓が入ってきて、窓を開けながらつぶやいた。「きゃあるがなくんて、雨ずらよ」。蛙が啼くので明日は雨でしょうよ、という意味の静岡方言である。それを聞いたときから、白秋の「ちゃっきり節」は書き始められた。この言葉を囃子詞にして、三十番という長い民謡ができあがったのだった。

民謡の定型句は、作者の外側にある。その共同体にある。糸魚川方言を聴きたい、と思った。白秋のように長逗留などできないが、気に入るまで何度も糸魚川に行こう。

わたしは三度、糸魚川を訪ねた。最初は依頼された年の秋、竹山さんと青田さんに案内されて、ジオパークに認定される理由となった、地形や自然景観の特徴的な場所を回った。日本列島を東西に分けるフォッサマグナ（中央地溝帯）。大きなU字構造の溝と見なされているのだが、その日本列島の中央部を南北に走る大きな溝の西端は、糸魚川と静岡を結ぶ線である。これを糸魚川・静岡構造線と呼んでいる。

日本アルプスはこの糸魚川・静岡構造線に沿って山々を形成していて、山の根っこは日本海側に急激に落ち込んでいる。そこが有名な「親知らず子知らず」と呼ばれる難所だ。海岸線がほとんどなく、古代から旅人は寄せてくる浪の合間をぬって走り抜けなければ海にさらわれた。この難所だけではなく糸魚川市とその近辺の町はみな、日本海に沿って帯のようにへばりついているのだった。

しかし、糸魚川でわたしが驚いたのは、この土地が古代から翡翠の原産地であったということだった。古代の祭祀には、翡翠で作られた勾玉が必需品であった。勾玉は悪霊を鎮める威力を持った。タマフリ（霊振り）やタマシズメ（鎮魂）の儀式には勾玉が使われた。また、貴族の娘たちは生命の栄えを祈って、勾玉を連ねたネックレスをした。全国から出土するそれら勾玉の多くが糸魚川産であった。そのことがわかったのは昭和になってからで、それまで翡翠は日本に産出せず、大陸から渡ってきたものとみなされていたのだ。

翡翠の原石は、糸魚川市を流れる姫川の上流の渓谷にあった。黒姫山の麓にあり、翡翠峡と呼ばれている。ちなみに、糸魚川には糸魚川という名の川がない。これも面白いことだった。

『古事記』では、オオクニヌシノミコト（大国主命）が出雲から高志（越）の国にやってきて、ヌナガワヒメ（奴奈川姫、沼河比売）と相聞歌を交わしたとされている。ヌナガワヒメは弥生時代に糸魚川近辺を統治し、翡翠を管理していた一族のシンボルと言ってよい。

このふたりが交わした歌を読むと、オオクニヌシノミコトが戸の外から乱暴に呼びかけるのに対して、ヌナガワヒメがすぐには応じていない。時間をずらしてもう一度やってきてほしいと言っている。その部分を意訳すると、「わたしの心は千鳥のように乱れています。いずれはあなたの鳥となりますが、明日の夜、来てくださったら、朝日のような笑みでお迎えしましょう」ということになる。

おそらくオオクニヌシノミコトがやってきたのは、出雲族が翡翠の争奪戦を始めたことを示しているのだろう。やがてふたりは結婚し、子どもが生まれる。その子どものひとりが、タケミナカタノカミ（建御名方神）で、後に出雲族が大和族に国を譲るとき、一族の意志に反してひとりだけそれを認めなかった。そのため出雲を追い出され、母親の故郷である糸魚川経由で信州の諏訪に入り、現在の諏訪大社の祭神となっている。

わたしは『古事記』のなかのヌナガワヒメが、オオクニヌシノミコトの誘いにすぐにはなびかなかったところに目を止めた。ここに物語の謎がある。それは娘心の謎と言ってもよいのではないか。

二度目に糸魚川を訪れたのは昨年一月だった。竹山さんと雑談していたとき、彼女の住む近くの神社で、裸胴上げ祭りという祭りがあって、裸の男たちが村人を胴上げするという話を聞かされた。そのとき、「さっしゃげ、さっしゃげ」という掛け声を上げるのだという。「さっしゃげ」とは、「差し上げる」という意味の糸魚川方言だ。これを聞いた瞬間、「もらった！」と思った。かつての白秋と同じような心境になったのだ。

三度目に糸魚川を訪れたとき、市内の天津神社の春の大祭「けんか祭り」を見た。二台の神輿が境内を走りまわってぶつかりあう勇壮な祭りだ。神々が喧嘩をしている。翡翠という宝の山をめぐってか。

音頭の名称は最初から「糸魚川ジオパーク音頭」と決められていた。わたしは「さっしゃげ」を囃子詞にした。昨年七月に完成したとき、小室等さんがみごとなフォーク調の民謡の曲をつけた。この歌の副題を「さっしゃげ節」と呼ぼうということになった。そして今年の一月二十五日、東京文化会館小ホールで東京初公演をやった。二代目高橋竹山の津軽三味線が鳴り、歌声が響き、ギター（小室等）、ヴァイオリン（佐久間順平）、ピアノ（竹田裕美子）、そして踊り（阿利）もついて、わたしはこむろゆいさんと一緒に、舞台でお囃子をやったのだった。

ここは山かよ　海まで落ちる
風は泡立つ　ひすいの谷に
みどりの勾玉　恋する心
ああ〜　さっしゃげ　さっしゃげ
さっしゃげ　さっしゃげ

雨に飾られ　糸弾く唄は
七山七谷　雪をも溶かし
越後湯の花　黒姫山よ
（お囃子・以下同）

あたしゃ越後の　糸魚川生まれ
あなたの千鳥　奴奈川姫よ
地の底ふるえる　恋をする
糸魚川なる　川などないぞ

日本列島の　東と西に
裂けて花咲く　宝のお山

霧にうずまく　日本海
親知らず子知らず　塩の道
古代ロマンの　ジオパーク

ひすいめぐりの　姫の川
いのち栄える　玉の緒の
娘ざかりの　謎の夢

ミステリアスなアイラ島

二〇一一年二月

スコットランドの西側、アイルランドとの間に、アイラ島がある。「ISLAY」と書いて「アイラ」と読む。ゲール語である。かつてケルト族が住んでいた土地だ。

島には八つのウイスキー蒸溜所があって、どの蒸溜所のウイスキーも、スモーキイでピーティッドな味と香りを持つ。海の匂いがウイスキーにしみついていて、海草の香りがする。初めて飲む人には、そのヨード臭から、診療所の匂いに近いと思えるだろう。しかし、シングルモルトが大好きな人にとってはこの味と香りこそがウイスキーの原型であって、アイラ島はシングルモルトの聖地とも呼ばれている。

アイラ島産のシングルモルトを山小屋で飲むとき、わたしはよく、写真で見たこの島の海辺にあるウイスキー貯蔵庫の風景を思い浮かべては、それぞれの蒸溜所のモルトごとに、室戸岬の診療所の香りとか、足摺岬の診療所の香り、などと名付けては、その香りの違いを楽しんでいた。

写真で見ると、アイラ島のどの蒸溜所の貯蔵庫も海岸べりにある。メキシコ暖流が島のまわりを流れているが、北の海の波は荒い。そこからわたしの想像力は勝手に働いて、こんな物語を作っていた。満潮のときには海岸に海草が打ち上げられる。嵐になると海底に育つ大きな海草が荒い波によってちぎられ、波の上に浮かび、それが風で吹き飛び、貯蔵庫の壁にぶちあたる。その海草は長さ二メートルにも及ぶコンブで、その黒い帯のようなものが何枚も石の壁にぶつかると、その匂いをウイスキーの樽が吸い込んで、ヨードの香りが深まる、というふうに。

インターネットで島の写真を見て、わたしはそう想像していたのだった。ほんとうかね、と山小屋のシングルモルト好きの仲間たちは、わたしの話を半信半疑で聞いていた。行ったこともない遠いスコットランドの、沖合に浮かぶ小さな島の話を、海とは遠い山の中で想像していると、まるで童話のような楽しさがある。きっとそうだよ、そうなのに違いない。

行きたい行きたいと思い続けていたら、いつかその夢はかなうものだ。二月の初め、雑誌の取材でアイラ島に行くことになった。現地に行くと、わたしが山小屋で想像していた通りのことが目の前にあった。蒸溜所の貯蔵庫が建つ海岸には、ホンダワラやコンブなど、さまざまな海草がところせましと打ち上げられていた。さすがに二メートルもの大きなコンブはなかったが。風が強いときには、実際に海草が壁にぶつかってくるという。ボウモア蒸溜所の貯蔵庫の海側の壁には窓が開けられていて、そこから海風が入ってくる。嵐のときは波しぶきも入るという。樽たちはその空気を吸っていた。

夢かうつつか。古代人にとって、夢と現実の境目は曖昧だった。想像力というのは、我が我ではない状態に入ることをいう。すると、夢のように「うつつ」が迫ってくるのだ。

「うたた寝」の「うたた」は、夢とうつつの境目にあることを言い、「歌」と同根の言語である（藤井貞和『物語文学成立史』）。アイラ島のシングルモルトの樽は、貯蔵庫で熟成を待ちながら「うたた寝」をしていた。わたしは日本でそのモルトを飲みながら、ほかならぬそのモルトから、島の海岸の「うた」（物語）を聞かされていたのかもしれない。

「アードベッグ」「ラガブーリン」「ボウモア」「ラフロイグ」。わたしが島で訪ねたのは、この四つの蒸溜所だった。昨年の五月にスコットランド本土のスペイサイド地区の蒸溜所を回ったが、その山間で生まれるウイスキーとはまったく異なる、海の匂いがどの蒸溜所にも充満していた。

アイラ島の総面積は六〇〇平方キロ。山小屋のある群馬県嬬恋村の面積の二倍ほどだが、嬬恋村が一万人以上の人口を持つのに対して、アイラ島は三千数百人の人口しかない。海岸べりに大きな集落が三つほどあるだけで、他の家々は丘陵地帯にまばらに建っている。島の四分の一ほどは低湿地帯だ。これがピート（泥炭）の畑である。ヒースが一面に育ち、ハリエニシダの灌木がある。農業には不適で、ピートを採掘する他は、何もない荒野である。

ピートはスコットランドのような低温気候の土地で採れる。太古の植物の遺骸が何世代にもわたって地中に積み重なったもので、低温のために有機物による分解が進まず、石炭になる直前の段階の土の層をいう。ピート畑の土は黒い。地上を歩くと、足元がふわふわする。身体が沈んでしまいそうな不安定感。含水率が高く、降った雨水はピートの中に溜め込まれているから、いたるところから水がしみ出ている。

ボウモア蒸溜所が所有するピート畑で、ピート掘りを試させてもらった。すでに二メートルほどの深さを掘り出した途中の箇所だ。崖状になった上から、ピート・カッターと呼ばれる独特の細長いスコップで、縦横約一〇センチ、長さ五〇センチほどの直方体の棒状になるように掘り出す。掘るというよりは、ピート層の崖を削る、と言ったほうがいいかもしれない。

ピート・カッターの柄。手で握る部分は、羊の角でできていた。面白い。どの家にもピート・カッターはあって、そのどの握り手も羊の角なのだという。島の道具はなにもかもが自然のものを利用している。

角がゆるやかに曲がっているところを持つと、力を入れやすいと教えられたのだが、なかなかどうして。含水率の高いピートは、まるでゴムのように柔らかく抵抗力があって、全身の力を入れないと、スコップの刃が地中にうまく入っていかない。どうにか掘り出しても、ぐにゃりと歪み、地上に上げる途中で、スコップからこぼれ落ちる。わたしが何回も落としたそれを、蒸溜所の若い青年がフォーク状の鉄棒で突き刺して地上に上げてくれた。身体をかがめて掘るうちに、たちまち腰が痛くなった。ピート掘りは重労働だ。

掘り出したピートは積み上げて、天日で乾かす。それを一般家庭では暖炉にくべ、蒸溜所ではウイスキーの香り付けのために窯にくべる。地上に近いピート層ほど、火をつけるとよく煙が出るという。地上に近い部分には、分解されるどころか、細い植物の根が真綿のようになってそのまま残っているので、煙が多くなるのだ。煙は独特の甘い香りをただよわせる。

地下深くにあるピート層は、分解が進んでいて植物の根は少ない。この部分は高熱を発するらしい。ピート層をどの程度まで掘り下げるか、乾燥したピートのどの部分を使って火をつけるかについて、アイラ島の蒸溜所で働く人々は独特のノウハウを持っていると聞かされた。

地上から数メートル掘ると、ピート層はなくなる。千年で一五センチの厚みのピートが生まれると言われているから、ピートを掘り尽くした土地は、このあと数千年以上をかけて、あらたなピートができるまで放りっぱなしになる。やがて再生すると言っても、まことに気の長い話だ。

アイラ島のピートには、陸地の植物だけではなく、太古の海草も混じっているから、雨水がこの層に浸透し、それが川水になるとき、すでにその水にはヨードの香りがうっすらとついている。

わたしはボウモア蒸溜所の水源であるラガン川に案内してもらったとき、その豊富な水量と、うねるような水のカーブを見て小躍りした。長い冬のコートが濡れるのもかまわず、川の真ん中まで入った。ちょうど小さな堰のあるところで立ち止まり、落ちてくる水を両手で掬って飲んだ。

川面に目をやると、流れてくる水はシーツが広げられたベッドのようになめらかな曲線を描いている。寝ころびたくなるような水のうねり。水の色は樽で熟成させたあとのウイスキーと同じ、赤褐色から黒に近い色をしている。ピート層を浸透してきた証拠だ。

日本の川の水の色を見慣れている目には珍しいが、シングルモルトをグラスに注いだときの、その色がそのまま大量に流れてきていると思えば、小躍りする以外にないではないか。

川面はゆったりと空を映し、岸辺の木々の黒い影を映し、水はあたかもそれらの影をしみこませるように流れている。ミステリアスな風景だった。わたしは自分でも驚くほど、十数杯も、両手で掬って飲んだ。アルコール分など何もないのに、すでにボウモアの香りがしているので、飲んでいるうちに酔っぱらったような気分になった。

蒸溜所で働く人々は、この水を誇っている。ウイスキーは大麦と水さえあれば、できる。島に産業用の資源がなくても、大規模な工場を誘致してこなくても、ピートがあり、良質の水があり、大麦が育つから、ウイスキー製造にもってこいの環境が生まれた。

水源からの水は用水路を伝って蒸溜所まで運ばれるが、この用水路は暗渠になっていない。手掘りのままでコンクリートに囲われていない、ただの溝なのだ。それが牧場を通過し、森の中を通過し、その途中でシダ類や苔などが水路のまわりで育ち、さまざまな草の葉が水面に垂れる。上空からオークの葉が落ちてきて、溝の底に溜まっている。それらも水の味付けになるらしい。公害がないから、人間の身体に害を起こすものは入らない。これが日本なら、非衛生的だ、と目くじらをたてる人が大勢いるだろうが、この島の人は誰もそんなことを言わない。羊や牛の糞が水路に入っても、蒸溜所で使うときは沸騰させるからなんともないよ、と言う。そういえばこの島の海岸には、テトラポットなど、どこにも見かけなかった。コンクリート護岸もない。自然のままの海岸というのは、なんと美しいのだろう。

アイラ島の人々は、島をとりまく海の匂いこそが、ふるさとの匂いだと思っている。この匂いのない本土のスペイサイド地区の蒸溜所では働く気にはなれないと言ったのは、アードベッグ蒸溜所の工場長、マイクだった。

「島の人間なら誰でもそう思っているよ。なあ、エディもそうだろう？」

マイクにアードベッグ蒸溜所を案内してもらっていたとき、わたしの横にいたボウモア蒸溜所の工場長エディに、彼は突然、話しかけた。エディはうなずいた。エディはわたしより一歳年下、マイクはわたしより十一歳年下だった。しかし、こんな会話を聞くと、ふたりともわたしよりずっと大人に見えた。

ウイスキーは大麦の麦芽をイースト菌で発酵させ、モロミとなったものを蒸溜することによって作られる。麦芽を作るとき、大麦を水につけてからフロアモルティングする。床一面にしっとりと濡れた大麦を広げ、たえず木のスコップでかき混ぜて空気を送りながら発芽をうながし、芽と根が出る寸前で発芽を止めることをフロアモルティングという。芽と根が出ると、糖分と栄養素が奪われるからだ。大麦の粒の中に糖分を閉じ込めないと、よいアルコールが生まれない。

発芽を途中で止めさせるために、床の下にある巨大な窯でピートを焚く。温度を上昇させると発芽が止まるのだ。普通、窯の中の煙は煙突を通して排出されるものだが、蒸溜所の窯は上部が巨大なラッパのように広がっていて、そのラッパの上に網が載っかっている。その網の上に麦芽状態の大麦が広げられて、下から上がってくる煙は編み目を通過して、麦芽に煙を焚きこめるのだ。このとき、麦芽にピートの香りがしみつき、スモーキイさが生まれるのである。ピーティングディグリー（麦芽に焚きこむ煙の度合い）は、各蒸溜所ごとに異なる。

目を開けていられないほどの熱気と煙たさ。ピートの煙が充満する部屋の天井には、キルン（乾燥塔）があって、煙はそこから排出される。フロアモルティングの最終段階に入ると、雨が降っていても、風が吹いていても、ピートの香りが蒸溜所の敷地いっぱいに甘くただよい、やがて海へ消えていく。

ボウモア蒸溜所で、エディに教わりながら、フロアモルティングのまねごとをしてみた。わたしがやったのは、大麦に水を含ませた後の作業である。

厚さ二〇センチほどに敷きつめられた大麦の上を歩き、木のスコップで底まで掬い、周囲に薄く広がるように撒く。スコップが木製なのは、大麦を痛めないためだ。このとき、小山を作らないように撒け、と言われたけれど、慣れないとどうしても山のように、大麦の固まりを投げてしまう。そうすると、空気がまんべんなく行き渡らなくなって、積み重なった小山の底の大麦は窒息してしまう。そうなると麦芽にならない。

何度かやっているうちに、わたしはなんとか合格点をもらえるようになった。これもきつい仕事だ。

自然の変化にあわせて人間が働く。ウイスキーを作る過程で人間ができることはごくわずかだ。すべては大麦と水の働き。その自然の働きにあわせて、その働きに尽くすことが、蒸溜所の人間の仕事なのだということがよくわかった。

III

祈りとエロスと生命力と

テレビをつけっぱなしにしておくと、一日に何回も、あるいは一時間に一回くらいの間隔でピーンポーンと音が鳴り、「緊急地震速報です」というアナウンサーの声がする。しばらくすると激しい揺れがくる。「北茨城市で震度六の地震が発生しました。激しい揺れに注意してください」。このエッセイを書き出しているいま、パソコンのモニターは揺れている。もうこうなれば、揺れている最中でもキーボードを打とうと思う。東京の揺れは震度四だろう。度重なる揺れで、部屋にいても大丈夫かどうかは身体で判断できるようになった。

三月十一日の東日本大震災のときは、わたしはちょうど万年筆にインクを入れている最中だった。あわててインク壜の蓋を締めたとき、一、二秒後に底からぐんと突き上げるような強い揺れがあった。それから、いままで経験したことのない揺れが続いた。おお、ついに東京直下型の地震が来たか。これがそうなのか。

頭上の棚から本が落ち続け、左右に積み重ねていた本や資料の束が崩れた。わたしは身動きが取れなくなって、机の上のパソコンが倒れないよう両手で押さえているだけだった。続いて強い余震。そのあいまをぬってベランダに出ると、東京湾の方角に黒い煙が立ち上っていた。湾岸のお台場で火事が起こったのだ。続いて、その後ろから白い煙が空高く上った。テレビによると、千葉県市原市にある石油製油所の液化石油ガス（LPG）のタンクが炎上したのだ（火災はこのあと十日間続いた）。ただごとならぬ事態に陥ったということがよくわかった。東北の港が津波に襲われて、船が堤防を乗り越え、家々が流されている映像がテレビに流れはじめた。なんということだろう。しかし、まだわたしのなかでは「よそごと」だった。

その日の夕刻、午後六時三十分頃。わたしは車の窓から、皇居の回りを歩く無数の人々を見たことを忘れない。

すべての交通機関が止まったため、歩いて帰宅しようとする人々がいったん皇居を一周する内堀通りに出て、そこから東西南北に通じる道に向かおうとしていた。国会議事堂前の交差点は車が渋滞して信号は無視されている。海外なら車の警笛が鳴り響いてうるさいところだが、日本人は静かだ。こんなときも警笛を鳴らさない。そんな渋滞の内堀通りを行ったり来たりした。どちらに向かっても車はいっこうに動かず、おかげでわたしは長い時間をかけて皇居を一周してしまったのである。

停電で皇居周辺の外灯は消え、歩く人々の姿は黒いシルエットになっていた。そのほとんどが、通じるはずのない携帯電話を耳にあてていた。口を動かしていない。歩いている三人にひとりは会社から支給されたと思われる震災対策用のヘルメットをかぶり、多くの人が花粉症対策のマスクをしていた。誰もがもくもくと歩き、無口だった。

そんななかで、いつものように皇居一周マラソンをしている男たちがいた。日本人ふたり、外国人ひとり。歩道は人々の行列で走れないので、彼らは渋滞して止まっている車の間をぬって、車道を走り続けていた。

日本人漂流。まさしく、その絵図がここにあった。その姿は鮮明にわたしの脳裏に焼き付いたが、気がつくとその日以降、日本人は列島のなかで漂流を始めたのだ。

*

やがて放射能という目に見えない恐怖によって、「よそごと」がその殻を破りだした。「よそごと」ではなくなる状況がゆっくりと少しずつ近づいてきた。もちろん、津波によって冷却用の電源が切れ、水素爆発を起こして放射能を放出し続ける福島第一原発の周辺地域に比べれば、東京など目下、放射能の被害はないに等しい。この「ないに等しい」というところで、東京は徐々に衰弱しだした。計画停電から節電へ。水道水が放射能で汚染されているという恐怖が薄らぐと、汚染された野菜と魚への恐怖。目に見えない恐怖は風評被害を生み、人々はテレビに釘付けになり、インターネットにかじりつき、噂をツイッターやミクシィで広げる。自らが被災したわけでもない人間がもっとも犯罪的なことをする。被災者の苦難を代理している気になって他人の意見を罵倒し、正義をふりかざしはじめる。誰もが浮き足立っている。

政府や東電が発表する情報以外に、放射線の専門家が発する信頼できる情報をインターネットで探し当てると、いちはやくそれを広めようとし、やがて変転する情報のスピードと量に追いつかず、善意の広報マンとしての持続力の針が振り切れて疲れ果てる。地震直後は役に立っていたツイッターを、一時的に閉じる人が出てくる。立っている足元が液状化し、底が抜けている。

もっとも、この感覚を共有しているのは東日本だけだろう。西日本にとっては、あくまでもいままでわたしが書いたような状況は「よそごと」のままである。西日本に日々の余震はない。放射線はまだ飛んでこない。のほほんとしている。メディアとは別に、ツイッターやミクシィの情報で十分、被災地や関東圏の情報は捉えられていると思っている。わたしが大震災の当日、揺れの直後に感じていた「よそごと」の感覚と同じなのだ。

そしてわたしは、この「よそごと」の感覚が、いま大事だと思っている。「死ぬのは他人ばかり」と言ったのは寺山修司だった。ここから人間の問題を考えたい。「よそごと」であるからこそ、被災者とともに揺れることができるかどうか。苦難のそばに寄り添い見守ることができるかどうか。そのことを問われているのが、いまであり、そしてこれからの長い時間なのだ。

「新宿見るなら、いま見ておきゃれ。いまに新宿、灰になる」と、一九六〇年代末の唐十郎は歌った。「灰になる」とは、今回のことなのか。あれは東京が徐々に衰退しつつある、半世紀後の現在を予測した滅亡の歌だったのか。

ここまで書いていると、また「緊急地震速報です」とテレビは叫んでいる。今度は長野県が震源だ。震源地で震度四。この揺れはなかなかやってこない。いや、もう揺れているのか。身体はすっかりめまいのような渦のなかに入っている。外界はつねに揺れ続けて、それを揺れとして感じなくなっているようだ。

＊

音楽を欲している。たまらなく音や声が欲しい。聴きたい音や声がある。しかし、それがどんなものなのかは、よくわからない。わたしたちが今回の大震災で抱えてしまった言葉にならないうめきや沈黙の量があまりに大きく、また日々の余震の恐怖とともに積み重なってゆくので、それに響きあう音や声がどんなものか測りきれなくなっている。しかも、ここでも刻々と求めているものが変わる。欲しているのは生きものたちの、そして人間が発している音や声であることは確かだ。他人に出会いたい。それも必死で生きている人間に。言葉は音とともにやってくる。そのことを痛切に感じる。

被災地への「共感疲労」が次第に「神経疲労」に変貌しだした三月末、わたしは一篇の人形劇の映画を見た。恵比寿の東京都写真美術館で上映された「文楽　冥途の飛脚」（監督マーティ・グロス、一九七九年製作）である。近松門左衛門の原作のうち、「淡路町の段」「封印切の段」「新口村の段」の三段を、それぞれ竹本織大夫（現竹本綱大夫）、竹本越路大夫、竹本文字大夫（現竹本住大夫）の三人が語り、三味線は各段を、五世鶴澤燕三、鶴澤清治、四世野澤錦糸がつとめる。人形遣いは、吉田玉男、吉田蓑助、二世桐竹勘十郎、吉田文雀。現在では考えられないほどの名人が総揃いしている。この映画は製作されてから約三十年間、日本で上映される機会はなく、今回が初公開だった。演じている人々のうちすでに亡くなった人もいるが、みな驚くほど若い。

　そして、圧倒的だった。いまの文楽には見られない声と力。人形の微細な動き。迫力のある語りの声を聴きながら、わたしは何度も涙を流した。物語を聴いたのではなく、人形を通して、いま生きるべき人間を見たのだった。わたしが聴きたい音や声がここにある。祈りとエロスと生命力が、この伝統芸能のなかに凝縮されていた。名人たちの鍛錬された揺るぎのない声は、この揺れる大地のなかで強く心にしみ入ったのだ。表現というものの、もっとも素朴な原点が、祈りでありエロスであり生命力だ。この世界へ戻りたい。ここから日本近代をやり直したい。わたしは思いがけず三十年前の音と声、そして文楽の人形たちから生きる勇気を与えられたのだった。

　放射能汚染のために、わたしたちが生きている間、二度と立ち入ることができない広大な土地が東北に生まれた。地震と津波という天災に続いて、放射能という人災のために土地が抉《えぐ》られたのである。自然に対して、人間の作ったものが壊れず「安全」であるなどという身勝手な神話はもののみごとに崩れた。この無惨な現実こそを、日本再生の契機とすべきではないか。

「気象庁は東日本大震災でマグニチュード（M）五以上の余震が四月一二日午前八時現在で、四百八回に達したことを明らかにした。うちM七級が五回、M六級は六十八回。同庁によると、日本全域のM五以上の地震発生数は二〇〇八—一〇年の年平均で百五十五回。東日本大震災の余震は一ヵ月余で、その約二・六倍が観測されたことになる」(「共同通信」二〇一一年四月十二日)

三月十一日の東日本大震災の本震はM九だったが、それから一ヵ月経った現在も気象庁では、大規模な余震が今後どこで起きてもおかしくないとし、内陸での余震の場合、震度七も何回かありうると想定している。

状況は日々刻々と変わる。福島第一原発が放出する放射能の線量は、チェルノブイリ原発事故と同じ「レベル七」であるということを、四月十二日になってから政府は認めた。東電は、今後チェルノブイリの放射線量を越える可能性もあると発表した。四月十三日、イギリスの科学誌「ネイチャー」(電子版)は、福島第一原発の廃炉作業には、数十年から百年かかると予測した。

明日

二〇一一年三—四月

心はどこへ飛んでいったのだろうか。春が来たというのに、心の休まるときがなくなってしまった。眠り、目覚めると、生きていることにほっとする。三月十一日の東日本大震災以降、東京は被災地ではないのに、放射能汚染の問題が取り沙汰されるたびに、心臓が引き締まる。震災の復興と福島第一原発の廃炉作業が、今後、何十年も続く長期戦になるとわかったときから、わたしが生きている間、心の休まるときはないのだと腹をくくることにした。

日本の文化は変わるだろう。変わらねばならない。たかが湯を沸かすのに原子力なんか使うな！とツイッターで叫んでいた人がいたが、まったく、わたしもそう叫びたい。知らないうちに、気がつくと日本全国に五十四基もの原子力発電所ができていたとは。そしてまだ十数基もの原子力発電所の建設計画があるとは。この地震王国に。

東北地方の大地震と津波の被害について、その地獄のような惨状を知ったのちも、これまで歴史上、何度も同じ悲惨さを舐めてきた三陸海岸の人たちがいたことから、ふたたび立ち上がることができるだろうとその力を信じることができた。絶対に復興できる。そうさせねばならない。

しかし、この列島の人間が経験したことのない、広島や長崎に落とされた原爆よりも強力なエネルギーをもつ放射能が蓄積された福島第一原発という存在は、悪夢の原点のように、復興の大きな障害として立ちはだかるようになった。津波の被害を受けて電源が切れ、原子炉はみずからの力で「安全」神話を崩壊させた。炉を冷やすことができなくなって水素爆発が起こった。炉を覆う建屋が壊れ、炉心の溶融（メルトダウン）が疑われ、日々、空と海へ放射性物質が放出されるようになってから、わたしたちは底知れない不安の深みに追いやられた。政府や東京電力が発表するデータや気休めの報告を信用する日本人は誰もいない。原発の現場で、放射能の恐怖と闘いながら最悪の事態を回避させようとしている作業員たちの勇気に、ひたすらすがる以外にない。祈るという言葉が、これほど自然に出てくるときもない。

自分自身は反原発派でも原発推進派でもないと公言する人たちがいるが、そういう人たちでも、いまの緊急事態を収束させてから原発の是非については考えたいと言い出すようになった。彼らは恐怖を留保しているのだ。そういう誰もが感じている恐怖を原発推進派の専門家たちはいまだに認めようとしない。原子力が現在の科学のレベルではコントロールできないものであること。人間が造ったものは必ず壊れるということ。自然の力に対して「安全」と言えるものは何もないのだということを。

わたしは一九九五年一月、阪神淡路大震災が起こったあとで、「いかに、やわらかく壊れるか」

ということを、今後の都市計画の基本にすべきだと提言したことがあった。その言葉をタイトルにしたエッセイでは、こんなふうに書いた。

地震のような自然の力の前では、人は脆弱である。人間の造ったものは、必ず壊れる。どんな地震にも耐えられるような建物など、成立しない。もし仮に、震度七・五以上を耐えられる建物が都市に求められれば、わたしたちはどこを見回しても、原子力発電所のような景観をもったビル群に取り囲まれるだろう。（中略）重要なのは、建物はいつか必ず倒れる、ということ。それならば、いかに被害を少なくして倒れるか、ということが、未来の建物の設計思想になりうるはずだ。倒れるとき、内部にいる人間の被害を最小限にとどめること。また、周辺の被害も最小限にとどめること。そういう新たな設計思想が、今、求められている。建物も都市も、いかに、やわらかく壊れることができるか。

（『やわらかく、壊れる』みすず書房、所収、二〇〇三）

ここで比喩として出した「原子力発電所」は、頑丈なコンクリート壁の厚さをもつ、周囲の景観を度外視した耐震性だけを考えたビルの象徴にすぎない。そんなものでも必ず壊れる。三月十一日午後二時四十六分に起こった東日本大震災は、国内観測史上最大と言われるマグニチュード（M）九・〇で、震源地は宮城県牡鹿半島の沖合だった。最大震度は宮城県栗原市で震度七。福島第一原発がある双葉町では震度六強の揺れが観測されている。原発は地震では壊れなかったが、その後に起こった津波によって壊れた。福島第一原発が想定していた最大限の津波の高さは五・七メートル。そこに一四―一五メートルの高さの津波が襲ったのだ。破壊された施設は放射能を放出する以外になくなり、周囲の土地に危害を加え、空にも海にも危害を加えている。みずからが倒れるとき、内部にいる人間にも周辺にも最大限の被害を与え、いまも与え続けている。

想定外の津波が襲ったと政府も東電も言い張っているが、ほんとうだろうか。吉村昭の『三陸海岸大津波』（原題『海の壁――三陸沿岸大津波』一九七〇年、中公新書。二〇〇四年、文春文庫）によれば、明治二十九年（一八九六）の大津波の高さは一〇メートルとも一五メートルとも、場所によっては二四・四メートルとも地元で伝えられており、湾の奥に押し寄せた津波遡上高は五〇メートルに達したという。この頃から、三陸海岸では津波のことを方言で「よだ」と呼ぶようになった。語源ははっきりしない。しかし、この恐ろしい生きもののような命名は、地元の人々が津波をいかに畏れていたかがよくわかる。昭和八年（一九三三）にも大津波が襲った。このときも高さは一〇メートルを越えていた。「よだってのは、（中略）海面がふくれ上がって、のっこ、のっこ、のっこと海水がやってきてよ、引き潮の時がおっかねえもんだ」。これは昭和三十五年（一九六〇）のチリ地震津波のあとで、地元の老漁師が言った言葉だという。これらのことを知ると、津波の高さは想定外だったというのは、いかに地元に伝わる伝承を無視して原発が造られたか、ということをよく示している。

『三陸海岸大津波』のなかで印象的なのは、昭和八年の津波で全滅した宮古市田老地区（当時は田老村）の尋常高等小学校の生徒たちが書いた作文が紹介されていることである。この地区はいつも津波の被害を受けるので「津波太郎」と呼ばれていた。しかし、昭和五十三年（一九七八）、総延長二四三三メートル、高さ一〇メートルの「田老万里の長城」という異名をもつ巨大な防潮堤が造られ、それ以降の地震による津波はすべて退けるようになった。しかし、東日本大震災ではその自慢の防潮堤を越えて津波は襲った。現在、この地区は壊滅状態になっている。

昭和八年、田老尋常高等小学校五年の前沢盛治君は、「大津波」と題した作文で兄弟二人で逃げた様子を書いている。

川村さんの橋の所に来ると、人がたくさんいた。横をむくと、兄さんが見えない。兄さんに捨てられたな、と思って弟の盛三をひっぱってかけ出した。／間もなく郵便局の前に来た。すると、弟が石にち（つ）まずいてころんだ。弟をおこして走ると、ガラガフガラガラ、バリバリバリバリとものすごい音がした。その音を聞いた所は、山のふもとであった。／少し安心したが、体がふるえていた。弟を引いて山へ上がるのはめんどうだと思って、弟を道のいい方にやって、僕は道でない所を走った。すると、赤沼の人が提灯をつけて、／「こっちさ、こう（来い）、こう」／と言いながらあるいていた。／弟と兄さんが、見えなくなった。ふたりは死んだのではないかと思ったら、おもわず涙が出た。僕は、声を立てて泣いた。

兄が弟ふたりを捨てて逃げ、本人もまた末の弟を捨てて逃げる。しかし、後に彼が山の頂上で焚き火をしている人たちに近づくと、末の弟はそこにいて、やがて兄もやってきた、という。三人とも助かったのだ。

避難行動に入ったとき、強者は弱者を助けねばならないというモラルはここでは通用しない。子どもはあからさまに事実を書いている。自分を捨てて逃げた兄に出会ったときや、自分が捨てた末の弟に出会ったとき、お互いにどう思ったか、そんなことは一行も書いていない。助かったことだけで十分なのだ。危機から脱するときの避難方法のマニュアルに完璧なものはない。たとえ「安全」であると言われても、それを信用してはいけない。現場でマニュアルが示す避難ルートが危ないと思ったら、他の人を見捨ててでも自分が思った方向へ逃げるべきだ。そのとき、ついてこない誰かを助けようとしてはいけない。捨ててよい。そうでなければ、ともに死んでしまう。

三陸地方ではこれを、「津波てんでんこ」と言い伝えていたらしい。「度々津波に襲われた苦い歴史から生まれた言葉で、「津波の時は親子であっても構うな。ひとりひとりがてんでばらばらになっても早く高台へ行け」という意味を持つ」(「「てんでんこ」三陸の知恵、子供たちを救う」、「読売新聞」二〇一一年三月二十八日)

今回の大震災でも、岩手県釜石市立釜石小学校の生徒たちがこの「津波てんでんこ」の言い伝えを守って、全員が助かったという。この事例から教えられることは多い。原発を「安全」だとする神話に対しても、わたしたちは「津波てんでんこ」の言い伝えを踏襲すべきではないか。「安全」

マニュアルに完璧なものはないのである。

東日本大震災のあと、三月中旬と四月の初めに山小屋に出かけた。残雪が積もる山小屋の風景を見たとき、ここにいつもの日常が残っているのが不思議なほどだった。群馬県の浅間山の麓は何の被害もなかったのである。ツリーハウスはクリの木にしっかりとしがみついていた。東北地方と関東平野で頻繁に起こる余震も、放射能もここまでは届かない。

しかし計画停電は嬬恋村にもあった。その時間になると村の数家族が山小屋に集まってきて、去年作った白樺ロウソクを灯して夕食をした。電気で送風する石油ストーブも使えなくなったのだが、テーブルに七本もロウソクを灯すと、部屋は温かかった。「いいじゃない、これ！」とみんなが声をあげた。山小屋という存在は、これまで都会の人にとっても村の人にとっても精神的な避難小屋の役割を果たしてきたのだが、それが今回の大震災で如実に証明された。つまり、山小屋は普段と何も変わらず、いつものように避難民が集まる場所になった。

大震災のあと、わたしは「明日《あした》」と題した詩を書いた。

明日
いつもと違う匂い
明日
シクラメンが桃色の花を咲かせて

明日
放射能の入った　天からの貰い水を飲むだろう
明日
大地が揺れて　冷えて　凍りついても
明日
それでも　生きている
明日
恐怖が底のない桶のように固まり　わたしたちを貫いても
明日
揺れて割れる　地球の上で
明日
花のように大地の毒を吸い上げる　わたしたちは
明日
何もかもを失くしても
明日
チューリップは　泥だらけの緑の葉を膨らませ
明日

赤黄白と　いっせいに蕾を開く
明日
笑顔で　生きている
明日
どこかで誰かと出会うことを願って
明日
ヒマワリの種を植える
明日
いつものように　窓のカーテンを開けて
明日
太陽の光で部屋を満たす
明日
地球の上で生きる　いつものように
明日
目覚めたとき
明日

国破山河在

二〇一一年五月

「おーい、シジン、何してるの？」

わたしは山小屋では「シジン」と呼ばれている。いつからか誰もがそう呼ぶようになった。旧館の前のベランダから呼んでいるのは、四歳の女の子、タカハシ・キラリちゃんだ。東京から両親に連れられて一歳の弟ハヤテくんと一緒にやってきた。彼女はわたしが「シジン」という名前のヒトだと思っているに違いない。四月初旬。久しぶりの快晴だった。わたしは書斎の前のベランダで椅子に坐って本を読んでいた。キラリちゃんに向かって答えた。

「ご本を読んでるの」

「外で？」

「外で」

「いい天気だから？」

「そう」

「いいねえ〜！」

キラリちゃんはそう言って、新館へ向かう階段を上がって姿を消した。

なんとまあ、おませな。しかし、その「いいねえ〜！」という言葉はどこで覚えたのだろう。おばあちゃんからかな。

久しぶりに小さな子どもたちの歓声が山小屋に響くのはなんといっても嬉しい。四月初旬は、山にまだ雪が残っていた。残雪の上で遊ぶ子どもたちの声を聞くと、元気が出てくる。日本がたいへんなことになったと、大人たちはしょげている場合じゃない。元気にならなくちゃ。

浅間山麓にある山小屋は、三月十一日の東日本大震災では何の被害もなかった。しかし、三月二十日、福島県、茨城県、栃木県、群馬県の野菜に、福島第一原発から放出されたと見られる放射性物質が検出された、という政府発表があった。群馬県では冬春野菜のうち、ホウレンソウとカキナに、暫定基準値を超える放射性物質が検出されたという。群馬県内で放射能汚染の調査をした地域は、前橋市、伊勢崎市、高崎市、太田市、明和町、板倉町など、県内中部から東部の八ヵ所だった。二十一日には、群馬県のホウレンソウとカキナについて政府の原子力災害対策本部長から出荷停止の指示が出た。安全が確認されて出荷停止が解除されたのは四月八日になってからだった（群馬県のホームページより）。

しかし、一度、一部の野菜が出荷停止になると、他の野菜にも疑惑の眼が向けられて、解除後も風評被害が続いた。嬬恋村の農家の人々はにわかに緊張しだした。嬬恋村は県の北西部にあたる。

調査地域とは異なる立地条件にある。にもかかわらず、群馬県の野菜、というだけでどこも一緒に見られる。

キャベツの作付けが始まるのは四月下旬から五月初旬だ。嬬恋村のキャベツ農家にとっては、作付けが始まっていなかったからよかったものの、風評被害が長く続いたら、損害は計りしれない。

放射能汚染は、福島第一原発から同心円上に広がるわけがない。チェルノブイリ原発事故では半径三〇〇キロが放射能汚染地域となったが、風向きと雨とが影響して、三〇〇キロ圏内にアメーバ状に広がり、また遠方へも飛び地のように散らばった。放射線量のレベルも汚染地区ごとにばらつきがあった。

そういう前例がすでに報告されているにもかかわらず、今回の震災では、新聞やテレビなどのメディアが放射能汚染地図を示すとき、初期はつねに福島第一原発を中心とした同心円を描き、外へ向かうに連れて濃度が薄まるようなイメージを与えた。水素爆発した日からおよそ一ヵ月半経った四月二十六日になってから、政府と東電は原発周辺地域で計測した放射線量等分布マップを公表した。それによると、事故当時、風が北西方向に吹いていたことから、原発を中心とする半径三〇キロの同心円の外側、北西方向にある市町村が高濃度の放射能汚染地として示された。その場合も、行政上の境界に沿って町や村がそっくりそのまま計画避難地区にされた。

同心円の汚染地図が実情に合っていないだけではなく、市町村の行政上の境界線の内部が、色分けされた「はめ絵」のピースのように同じ放射能レベルにあるはずがない。同じ行政区内でも場所ごとに放射能レベルが異なるのは当然のことだ。もっときめ細かな放射能の測定作業をしなければという動きは、公的な機関ではなく、自主的な民間の学者たちから始まった。その報告がされるようになったのは五月になってからだった。

東北地方をフィールドにしてきた友人の民俗学者、赤坂憲雄氏からこんな話を聞いた。彼は三月十一日以後、防護服を着て、放射能測定器を腰に付け、何度も原発周辺地域を車で回ったという。半径二〇キロ圏内で高い数値を示していた放射能測定器が、原発が見える一〇キロ圏内に入ったとき、基準値以下の低い数値を示した。安全圏なのだ。部分的にそういう場所がある。一〇キロ圏内にまだ自衛隊が遺体捜索に入っていない時期だった。もっとも危険な地区だからという理由で誰も手をつけていない瓦礫が山のように積み上がり、当然、そのなかには無数の遺体があっただろう。「遠くの海岸に白波が穏やかに打ち寄せていて、夕陽が美しかった」と彼は言った。わたしは眼をつぶってその光景を想像した。そのイメージは地球最後の日の情景に近い。

「七月までは、博打と同じような気分ですよ」

と言ったのは、嬬恋村で十町歩もの広大なキャベツ畑を営んでいるクロイワ・ハツオさんだった。五月のゴールデンウィーク。山小屋近くの旅館のお湯に入っていたとき、湯煙のなかで彼はわたしにそう言ったのだった。彼の畑でキャベツの作付けはもう始まっている。中国からの研修生を三人、雇い入れての作業だ。七月には最初のキャベツ切りが始まる。それまでの間に放射性物質が高い濃

度で降り注いだら？　というわたしの質問に、そうなったら農家は全滅ですよ、と笑った。そして、

「三代先まで、立ち直れないだろうな」

と言った。一度、土壌が汚染されると、その畑は孫の代まで元に戻らないというのだ。山のあちこちで、もくもくとキャベツの作付けをしている農家の人々は、秘かにいざという場合の覚悟を決めているのだ。

八百屋のキー坊さんは、今年から八百屋を止めて百姓になることに決めた。もともと彼が作るキャベツはほとんど市場には出ない独特の味のもので、「４１９」と呼ばれている。このキャベツは柔らかくて繊細。食べるとほのかに甘い。彼の作るジャガイモも美味しい。山小屋では定評があって、これまでもみんなが競って手に入れていた。それを今年からは、自分の畑で採れた他の野菜も含めてインターネットで販売することにした。やっぱり嬬恋の百姓はキャベツから始めないとね、というわけで、そのインターネットの店も七月開店の予定だ。七月が勝負、というのは毎年、村のキャベツ農家の誰もにみなぎっているのだが、今年はとくに放射能問題がからんでいるので、戦々恐々とした真剣勝負になる。

3・11以後、まるで「ノアの方舟」に乗せられた生きものたちのように、日本人は漂流しだした。詩を書く人間にとって、こういう時期に言葉を扱うのは極端に難しい。自分に閉じこもっていることはできない。抽象的な観念語や独りよがりのフィクションは無効になる。現実がフィクションどころか神話状態に入っているからだ。地震と津波のなかで生き延びた人々の話を聞いていると、神

話が持つ残酷さと不思議さと驚きがないまぜになっていて、悲劇や喜劇を超えている。放射能汚染がその後の物語として迫ってくる。それはまるで散文詩のようだ。

しかし、こういうときこそ、詩を書くことの原型に戻ることができる。いや、この時期に生み出される言葉は、日本人共通の磁場のなかに投げ出されるということだ。何を書いても、東日本大震災に揺れている共通の磁場のなかで受け止められる。驚くべき数の死者の霊が東北の被災地に埋もれ、また浮かんでいるのだ。そんな磁場は、第二次大戦の敗戦直後は別にして、それ以降の長い間、日本では形成されてこなかった。

だからこそ、嬬恋村のキャベツ農家がいま戦々恐々としているのと同じように、詩の創作活動も戦々恐々としたものになる。いま書いた言葉がいつまでもつのか、日々、状況が変わるので予測がつかない。いままで使っていた言葉の技術は無効になり、手ぶらの状態になる。そこに詩の力がある。散文にはない詩の力がある。詩は死者に向かって書かれ、死者の力に支えられて書かれるものだ。

五月の山小屋で、少しずつ芽吹きだした樹木を見ながら、杜甫の五言律詩「春望」を思い出した。そして、杜甫の心をこれまでわたしは少しもわかっていなかったことに気がついた。

国破山河在（国破れて山河在り）
城春草木深（城春にして草木深し）

感時花濺涙（時に感じては花にも涙を濺《そそ》ぎ）
恨別鳥驚心（別れを恨んでは鳥にも心を驚かす）

全八行のうちの冒頭四行。杜甫は唐の国が戦争に破れたときのことを歌う。しかし、国が滅びるとはどういうことか。滅びても詩を書くというのはどういうことか。それは恐ろしい不安のなかにいる、ということだ。何もかもを失くし、人々は漂流し、将来の予測がつかない。

わたしはこれまで「国破山河在」を、国が滅びても山や河があるからほっとする、というふうに読んでいた。そうではないのだ。ほっとするものは何もない。春になって草木は芽吹きだしても、花を見てすぐに泣きだすようになるのは、心が底無しの穴に落ち込んでいるからだ。これまでのような、どんな言葉も思い浮かばない。家族は散り散りばらばらになった。死んだものもいるかもしれない。鳥の声にもぎくりとして驚くのは、自分が生きていくことに自信がないからだ。将来の自分の命に予測がつかないからだ。

杜甫はおそらく、この詩を手ぶらで書いている。技巧を捨て去って、本能だけで書いている。国が滅んでも詩を書く。これは詩人の業というべきではないか。それは底無しの不安のなかに、言葉を差し入れるということだ。差し入れたからといって、心が穏やかになるわけではない。みずからの言葉の貧しさを知り、ますます不安が膨らむのだ。そのループ状態のなかでも詩を書く。その覚悟のなかで書く。

そして、生き延びる。それが願いであり、祈りだ。杜甫と同じように、わたしは詩のなかで草木ばかりに眼をやるようになっていた。

風のなかの挨拶

ねむる月
なお　ねむる月
おさない葉の
枝の風を抜けて
夢乱れて
泣くなら　泣け
千のピアノ　千のヴァイオリン
生まれたての
やわらかな黄緑の葉をさわり
愛が人間のなかに入り込むときの
なんという奇妙な瞬間
猫　尾を立てて歩き

挨拶する　あなたに

こぼれ散る風の向こうの　あなた
生きる水　あふれる
音ひくく
うた遠く
知らないうちに
笛と太鼓が鳴り
笑い声が
扉を開けて　次々と扉を開けて
鉦は鳴る　欲しいものすべて
四月の大きさ　五月の深さ
六月の強さ
芽吹くときの　やさしさ　すべて

（「読売新聞」二〇一一年四月三十日夕刊）

死者の魂を招くこと

二〇一一年六月

ツリーハウスの窓にステンドグラスを入れたい、という声があがったのは、一年前のことだったろうか。ツリーハウスの尖塔部分が完成してまもない頃、採光用の窓にステンドグラスを、と渋川に住むエンジニアのタケさんが言ったのか、タケさんの奥さんであるアッコさんが言ったのだったか。アッコさんは趣味でステンドグラスを作っているのである。

八角錐のツリーハウスは上部に七面の採光窓を設けている。その正面の窓に、ステンドグラスを嵌め込んでみよう、ということになったのだが、どんなデザインのものにするのか、なかなかアイディアが浮かばなかった。

二月の初めにスコットランドのアイラ島に行ったとき、島に滞在する前後の日々をグラスゴーで過ごした。グラスゴーは首都のエジンバラに次ぐスコットランド第二の都市である。

グラスゴーに行って初めて、アール・ヌーボーの先駆者である建築家のマッキントッシュ（Charles Rennie Mackintosh, 1868–1928）がこの街で生まれたことを知った。彼が二十七歳のとき設計した「グラスゴー美術学校」の建物を訪ねて、窓の飾りやドアのデザインを楽しんだ。どの角度から見ても装飾のディテールが面白い。市内中心部に彼が設計し室内調度品もデザインした喫茶店「ウイロー・ティー・ルーム」は、建築当時よりも狭くなっていたが現存していた。アール・ヌーボーからアール・デコへ続き、モダニズム・デザインが誕生する前の二十世紀初頭のデザイン感覚が、なぜこうも息長く、わたしたちを魅了するのだろう。生前のマッキントッシュは、後半生が恵まれなかった。装飾過多と批判され、その才能を理解されないまま、フランスで売れない水彩画家として死んだのに。

ともあれ、そのウイロー・ティー・ルームは一九〇三年に建てられたのだが、店内の白い壁にシンプルなデザインのステンドグラスが嵌め込まれていた。壁は二重になっていて、その間に蛍光灯があって、ステンドグラスはその光を受けていた。店の名前の「ウイロー」Willowは「柳」を意味するから、おそらく柳のデザインだろう。窓の中央に柳の幹があって、幹の上部から枝が数本、左右対称に出て、ゆるいカーブで垂れ下がっている。枝の先に葉が付いているデザインと、左右に枝だけが垂れ下がったデザインのものと二種類があった。おっ、これだな、とわたしは思った。枝の先に葉が付いたほうを気に入ったのだ。葉の形が柳ではなく、まるでヤドリギの葉のように楕円形だったからである。山小屋のツリーハウスが載っているクリの大木は、大きな枝に三つもヤドリギを付けている。それも年々、ひとつずつ増えているようなのだ。だから、このデザインはツリーハウスの窓にぴったりだ、と思ったのだった。

マッキントッシュのデザインをモチーフにした採光窓用のステンドグラス

タケさんにマッキントッシュのステンドグラスの写真を見てもらったのは、五月の初めだった。これと同じようなデザインで比率を変えて作ってほしい、と頼んだ。それから一ヵ月経った六月の初め、タケさんは、ツリーハウスの窓に合わせたステンドグラスを持って登場した。アッコさんに技法を教えてもらって作ったのだという。

誰もが息を飲むような素晴らしい出来ばえだった。柳の幹が立ち上がる下半分の図柄の背景はグリーンで、柳の枝が左右に垂れ下がる上半分の図柄の背景はブルー。枝の先の葉はグリーン。大小の色ガラスを黒い鉛が取り囲んでいる。

山小屋にようやく遅い春が近づいた日だった。太陽が強く照って、ステンドグラスを両手で持って空にかざすと、ブルーとグリーンのガラスを通して、木々の緑が見えた。何よりも美しかったのは、太陽の光を通して落ちる色の影だった。ステンドグラスを白いテーブルの上にかざすと、マッキントッシュが描いた柳の絵の影がくっきりと映る。この影のなかに、いや、光の色のなかに入りたい、とさえ思う。

そのとき、ふと気がついたのだった。なぜ、教会の窓にステンドグラスが嵌め込まれるのか、ということを。わたしはそれまで教会のステンドグラスは、たんに聖書の世界を描くためだけに作られると思っていた。石造りの教会の内部は暗い。わずかな開口部から光が落ちてくるとき、その光に宗教的な荘厳さを与えるためにも、ステンドグラスが聖者や高僧の物語を教える絵解きの役割をすることは必要だった。

それはそうなのだろうが、光の影が室内の床にまで落ちてくるとき、それを見上げる人間は、その光のなかに入ることができるのだ。つまり、聖なる物語の絵のなかに自然に入り込むことができる。これこそがステンドグラスの効用で、同じ聖なる題材を描いても、油絵などではとうていできないことだ。

そう言えば、ずいぶん前に、チベットの西端にあるグゲ王国の遺跡に行ったことがあった。七世紀半ばから十七世紀半ばまであった王国で、インドの最北部ジャム・カシミール州のラダックと接している。チベット仏教によって長く統治されていたが、ラダックとの戦争に破れて滅び、長く廃墟になっている。

グゲ王国の王城は、盛り上がった土の上にあった。巨大なソフトクリームのような土の固まりの上に城は造られたのだ。土を掘った内部には迷路のように階段が走り、無数の部屋があった。まる

左ページ・ベランダのテーブルに落ちる
ステンドグラスの色と柳の絵の影

で蟻の巣のようだった。

その一角に、これも土で造られた仏教寺院があったのだが、文化大革命のときに室内の調度品も仏像たちも粉々に壊された。寺院の本尊は光背だけを残して、どこにもその姿は見つからなかった。たぶん、わたしが光背を見上げていたときに立っていた、その足元の土間の土になっていたのだろう。本尊の頭があったと思われる少し上に、色とりどりの木で何段にも精密に組み合わされた天蓋があった。天蓋の中心部は戸外に通じていて、空が見えた。雨が降らない土地だから、仏像の真上が開口部になっていても問題ないのだろう。その穴から光が落ちていた。光は彩色された天蓋の木組みの間から落ちている。光は色とりどりで、美しかった。それだけで、わたしは神秘感に打たれた。中心が空に向けて開けられた天蓋は、まるでステンドグラスと同じ役割をしていたのである。

仏像がなくなっても、地元の人々はここに来てお祈りをしていた。その理由がよくわかった。人は光のなかにいるとき、心を癒されるのだ。形のあるものが何もなくなっても、自分を包み込んでくれるような光によって、支えられるのだ。

光りの中に人はいる
手をかざして
蝙蝠傘をさして
見つめるのは粒子

風を越えてやってくるもの
泥を食べる花々の
その芯の中から顔を出すもの
麦を煎る鍋の上で踊りだすもの
バケツ型の帽子の上で
帽子型の雲の上で
峠を越えて行きあう人は
喉の奥に食い込む
この
凄惨な
青黒い大空の
粒子を飲め

（「大空の粒子」部分、詩集『蜂蜜採り』所収、一九九一）

チベットの旅を終えた後に書いた詩の一節を、ふいに思い出す。つまりそういうことだったのか。詩の言葉は作者を置き去りにして、先に走り出していく。二十年ほど後に、作者はようやくその言葉の意味に追いつく。「光りの中に人はいる」というのは、大空の粒子を飲み込む、ということだ。人はそこで生きる。この詩の冒頭の言葉で、さらに思い出すことがある。

「水俣メモリアル」のことである。実はわたしはまだそのメモリアルを見ていない。写真で知っただけである。それだけで深い共感を覚えたのだ。

水俣メモリアルは、不知火海に面した丘の上にある。チッソが工場排水として水銀などの汚染物質を海に垂れ流し、そのことが原因で地元の漁師たちに広がった水俣病。その原因追求のためにチッソとの対話を求めて水俣病の患者さんたちが立ち上がった長い闘いがあった。石牟礼道子がその患者さんたちの声を記録して書いた『苦海浄土』(一九六九)は、まるで中世の語り物の世界のように、死者の魂を招き寄せ、その土地で生きる人々の声と響き合わせた。「私の故郷にいまだに立ち迷っている死霊や生霊の言葉」があると言い、それを語り伝えるのが使命だと考えた石牟礼さんは現代の巫女となったのだ。

わたしは二十代の頃、『苦海浄土』が出た直後に、敵も味方もない「虚空」の世界を描く語り口に震撼させられた思いを書評新聞に書いたことがあった。数年前、熊本に住む詩人の伊藤比呂美に案内されて、いまは老人ホームに住む石牟礼さんを訪ねたことがあった。そのとき、石牟礼さんはわたしの顔を見るなり、四十年ほど前のわたしの短い書評の礼を言われたのだった。わたしは恐縮するどころではなかった。敬愛する石牟礼さんの前で、驚愕して、あとずさりしたのだった。覚えていただいていたことのお礼を何度も言う以外になかった。石牟礼さんは、まったく恐ろしいほどの記憶力であった。あの頃、多くの非難と無理解のなかで、孤独に執筆活動を続けられていたのだろう。それが戦後日本文学の代表傑作のひとつとなったのだった。

ともあれ、一九九六年、水俣で犠牲となった患者さんたちを鎮魂し慰霊するために、災禍をふたたび起こさないことを祈念するために、また水俣病の教訓を後世に残すために、イタリア人の建築家ジョゼッペ・バローネのデザインで作られたのが「水俣メモリアル」である。デザインは世界中から集った公募作品のなかから、建築家の磯崎新が審査して決定したという。この審査の過程について、磯崎新が書いた文章がある。

完成した水俣メモリアルは、みかけはなにもないと思えるほど簡単なものである。丘は幾段ものステップに整理される。どこからも眼下に不知火海がのぞめる。一隅にマルセル・デュシャンの大ガラスを想わせる透明ガラスが立ち、その中間にブロンズ製の箱が組み込まれ、水俣病死亡者名簿が収められる。丘のステップ上には一〇八箇のみがかれたステンレス球がころがっている。それだけのものだった。私はこのステンレス球のアイディアに注目した。日が暮れて、ステップの端に埋められたわずかな光が、この球の表面に反射するだろう。それは不知火海のいさり火のようにみえるにちがいない。いや、あの古代の呪言をみいだした折口信夫に従えば、その球は「たま」ではないか。「ひ」が出入りすると説かれている。私には不知火の海にただよっている死者たちの魂すなわち「ひ」がこの丘にかえってきて、「たま」に宿るようにみえると思えた。

（「『水俣メモリアル』のこと」、『石牟礼道子全集』月報8）

水俣メモリアルは約三〇〇〇平方メートルの敷地にある。「祈りの噴水」と名付けられた透明ガラスが立ち上がった壁があり、そのガラスを水が伝う。敷地には「メモリアルボール」と呼ばれる直径四〇センチのステンレスの球が転がっている。シンプルなメモリアルである。

ステンレスの球のなかに、かすかな光が反射する。わたしはその写真を見て、屹立して過去を祈念するメモリアルではなく、人々が歩く平地のテラスに、さまざまな位置で転がる球のなかに、かすかな光が入るというこのアイディアに惚れた。ここでも、光が何かとの交信を告げているのである。生きているものは、地球上の光に支えられて、過去や未来と交信するのだ。

わたしはここまで書きながら、一貫して、東日本大震災で犠牲になった人々の霊について考えている。その死霊たちをどのように招くことができるのか、を考えている。

東電は五月十二日になって、福島第一原発がメルトダウンしていることを認めた。それ以降、「メルトダウン」の概念をめぐってさまざまな説が飛び交い、政府もマスメディアも「メルトダウン」という言葉を日常的なあたりまえの事態のように使いだした。言葉は耐えられないほど軽くなった。

福島弁で、宮城弁で、いやすべての東北弁で、今回の惨禍を語ること。その語り部が必要だとわたしは考えている。死者の魂を出入りさせる「球」に、わたしたちがならねばならない。

タケさんが作ったステンドグラスは、山小屋のツリーハウスの採光窓に嵌め込むことができた。他の窓にも色ガラスを入れることにした。室内を白く塗ると、瞑想室になるかもしれない。

次郎よ、次郎の泣き虫め！

二〇一一年七月

今年は春から初夏にかけて、山の白い花を見続けてきたように思う。春先の白い花は美しい。五月には、コブシの花が真っ先に咲く。周囲の木々がまだ冬の装いをしているというのに、コブシの白い花は梢の先で満開だ。モクレン科モクレン属なので、白いモクレンと見間違いやすいが、花にはハクモクレンのような芳香はない。

わたしはハクモクレンの芳香を嗅ぐと、いつでも武蔵野の夕暮れの風景を思い出す。ハクモクレンの花の下を、松葉杖をつきながらひとりの青年が歩いていく。左足には白いギブスが巻かれたままだ。彼はハクモクレンの木に出会うたびに、一本足で立って上空を見上げる。濃厚な甘い香りが雲のように漂っている。一日中、誰とも話すことがない。これからどう生きていくのかもわからない。ため息をつくが、誰も彼を見ていない。

二十代の末、わたしは映画の製作に夢中になっていた。脚本を書き、監督やスタッフとともに冬の北海道のロケ地に出かけた。そこで初めてスキーなるものをした。雪の少ない関西育ちのわたしには、スキーというのはお金持ちがやる遊びだ、という認識しかなかった。なんという歪んだ認識だったのだろう。小樽の街で長期の撮影の間、初めてスキーは生活道具であって、滑ることができないと雪国で生きていけない、ということを知った。急遽、映画に出演していた俳優に頼んでスキーの手ほどきをしてもらい、スキー場で滑った。急勾配で有名なスキー場だった。直滑降をすると海に飛び込んでいくようなスリルがある。そしてスキー初日にして、みごとにわたしは足を折ったのだった。

　初めてスキーをして、その日に足を折るヒトは滅多にいない、と言って、みんなに妙な感心をされた。つまり、馬鹿にされたのである。東京まで飛行機に乗って戻り、二ヵ月入院した。退院後、その頃住んでいた武蔵野郊外の畑を、毎日、松葉杖を使ってゆっくり歩いた。ハクモクレンが無数に咲いている畑だった。葉がなく、白い花だけが夕闇に浮かび上がる風景は、もの悲しい。

　それから二年後、友人と相撲をしていて、また同じ足を折った。ふたたび松葉杖のやっかいになった。困ったものだ。自分でも自分をもてあましていたのだろう。ハクモクレンを見上げる日々がまたやってきた。そのころから少しずつ、何かが変わっていった。知らないうちに、わたしは臆病になっていったのかもしれない。現在に対しても、未来に対しても。つまり、少しずつまともになっていったのである。

　わたしにとって二十代の十年間は長かった。まだ、二十代だと思うとうんざりした。それからあっという間に四十年が経った、と「邯鄲《かんたん》の夢」の主人公盧生のように人生の儚さを言ってみたいのだが、そうはいかない。わたしにとって三十代から以降は、二十代の体験を帳消しにするような面白いことがほぼ十年ごとに連続したので、そんなきれいごとの物語にはならない。これからも、思いもしない世界に逢着するような予感がしている。生きていくのは、いや、生き延びていくのは面白い。二度とあの血まみれの二十代に戻りたくない、とさえ思ったりする。あれはいったい誰のことだったのだろう、と遠い人のことのように思い返す。ハクモクレンの芳香は、そんなわたしの二十代の思い出のひとつなのだ。

山小屋の斜面にも春先に咲く白い花が欲しいと思い、コブシの木を植えようとしたのだが、あいにく造園屋さんには売っていなかった。セキさんがハクモクレンとシモクレン（紫木蓮）を買ってきた。五月にはこの二本と、サクラの木を三本植えた。

六月になって集中豪雨があいついだ。苗の作付けが終わったばかりのキャベツ畑の土が豪雨で流され、農道が通行不能になる箇所が多かった。福島第一原発から流れてくる放射性物質、それに汚染されることの恐怖と集中豪雨の連続。天候不順のせいで、例年よりすべての野菜や植物の生長が十日ほど遅れている。今年の嬬恋村の農家には、苦難が続いている。

コブシの花が散ったあと、六月に咲くのは、ミズキ（浅間山麓ではミズブサと呼ぶ）の白い小さな花である。群馬県の地質がこの木にあっているのか、どこにでも自生していて、白い粉雪のように無数に花を開かせ、ゆったりと揺れている。遠くから見ると、緑深い山中でそこだけ豊満な白い装いだ。ミズキは「水木」と書く。地中から大量の水を吸い上げるので、枝を切るとまるで人間の手首を切ったあとのように、オレンジ色の樹脂が盛り上がり、そこから水滴が滴り落ちる。ミズキの下を通ると、風の向きによって小雨のように水滴が落ちてくる。

関越道も上信越道も、3・11以後は夜の照明を暗くして、節電をしている。どういう計算かわからないが、照明灯は四つのうちひとつ、場所によっては三つのうちひとつだけが灯っている。というわけで、高速道に乗った瞬間、暗いなあと感じるのだが、しばらく走るとこの明るさで十分だと思う。外国の自動車道路の明るさは、たいていこのくらいだ。日本ではいままで不必要に道路が明るすぎたのだ。車は自家発電の照明器具を持っている。そんないつもより暗い道を走っていて、道路脇に夜目にも白く豊満に浮かび上がるのは、たいていはミズキの花なのである。この花は夕暮れがことに美しい。

七月になると、ヤマボウシの白い花が咲く。十字形の大きな花びらだ。白色の花の木と薄桃色の花の木があって、このふたつの花の色が混ざって一本の木から垂れ下がっている場合もある。七月半ばになると、浅間山麓から軽井沢にかけて、まるで造花のように満開になり、鬱陶しいほどだ。かつて「ヤマボウシ」が出てくるこんな詩を書いたことがある。

もつれた雨滴が
背の上で熱狂する
新緑の六月の雨の

孤と個の五線譜の上を
わたしのサドルの上の悪意は
ゆっくりと斜めに昇っていく
吐息！
不快なものから逃れて
不快なものへ
崖から崖へ
なおもペダルを踏んでいると
冷えた鶏の足のように
雨の砂
雨の葱坊主
雨の関東ローム層の
泥の耳搔き棒となって
名無しの男が
わたしに囁く
次郎よ
次郎の泣き虫め！

そんな男は知らない
それはわたしではない
シャシャンボ
エゴノキ
クチナシ
あるいはジンチョウゲの白い花弁が
降ってくる
降ってくるのが見える
（中略）
わたしは
ヤマボウシ
ミツバウツギ
ハクウンボクの
葉であり花であり
この雨の声に満ちる甕であるにすぎない

次郎よ
次郎の泣き虫め！

（「雨の声」部分、詩集『気狂いフルート』所収、一九七九）

三十代に入ってまもなく書いた詩である。詩のなかに登場する植物はすべて武蔵野の郊外にあるもの。これらは春から初夏にかけて白い花を咲かせる。この詩のなかの男は自転車に乗っているから、松葉杖から卒業してからのものらしい。この詩によると、どうやら春先から初夏の白い花々に、わたしは三十代から惹きつけられていたようだ。

「次郎よ／次郎の泣き虫め！」といまも叫んでみたい。七月九日、毎日新聞の朝刊に載った「東日本大震災　お墓にひなんします」という記事に出会って、わたしは一瞬、泣いた。

福島県南相馬市の緊急時避難準備地区に住む九十三歳の女性が、家族に次のような遺書を残して自殺したという。

このたび3月11日のじしんとつなみでたいへんなのに　原発事故でちかくの人達がひなんめいれいで　3月18日家のかぞくも群馬の方につれてゆかれました　私は相馬市の娘○○（名前）いるので3月17日にひなんさせられました　たいちょうくずし入院させられてけんこうになり二ヶ月位せわになり　5月3日家に帰った　ひとりで一ヶ月位いた　毎日テレビで原発のニュースみてるといつよくなるかわからないやうだ　またひなんするやうになったら老人はあしでまといに

なるから　家の家ぞくは6月6日に帰ってきましたので私も安心しました　毎日原発のことばかりでいきたここちしません　こうするよりしかたありません　さようなら　私はお墓にひなんします　ごめんなさい。

市販の便箋にボールペンで書かれていたという。自殺するのに「お墓にひなん」という言葉が出てくるとは。これは何だろうか。「避難」という言葉が短い遺書のなかに四回出てくる。そして最後に「お墓にひなん」である。ここでの「避難」という言葉は危険から脱するという意味で使われているのではなく、辛さの象徴として使われている。

彼女は避難したくなかったのだ。そして最後に避難すると決めたときは、死と等価になる。そのときはじめて本来の危険から脱する意味になる。わたしたちがこの間、連日のように聞き、見慣れるようになった「避難」という言葉が、こんなに深い重層的な意味を持っているとは。「お墓にひなん」は、彼女の余裕のようにもジョークのようにも聞こえてくる。それがわたしの耳に響いたとき、泣いた。

わたしは二年前に九十二歳で亡くなった父のことを思った。病院が嫌いで、体調を崩して入院したとき、それが少し長引くと、病室の窓から脱走して、自宅にひとりで帰っていたことがあった。病院があんなに嫌だったのに、最後は意識不明になって病院で死んだ。意識があったら父もあのとき、ここで死ぬのは嫌だから「お墓にひなん」する、と言ったかもしれない。切羽詰まった表情ではなく、幸福な顔をして。

そんなことを思いながら、七月初旬は、山小屋で力仕事をしていた。焚き火コーナーにある焚き火小屋を壊す作業を五月に終えた。六月から七月にかけて、建材屋のトクさんと床屋のナカザワさんは、焚き火小屋の跡地に石窯を造るための基礎工事を続けていた。セキさんやナカザワ夫人ヒロコさんも手伝って、山の斜面をスコップで掘り崩した。ここに石窯を造るのである。設計はエンジニアのタケさんだ。

懸案の石窯プロジェクトがいよいよ動き出したのだった。何があっても、いざというときはみんながここに集まって生活できるように、パンもピザも焼く。指導はイナミ・シェフだ。

などということを言いながら、わたしは3・11以後の計画停電のとき、数家族が山小屋に集まってロウソクを灯して食事をしたときの体験を思い出す。

あのとき、都会の人間にとっても村の人間にとっても、山小屋は普段から精神的な避難小屋の位置にあって、今回の大震災でそれが現実になったのだという思いが強かった。この「避難小屋」という言葉には、もちろん辛さは含まれていない。楽しさだけがある。すると、九十二歳の女性の遺書の言葉にある「ひなん」と、どこがどう違うのか。

たぶん、山小屋に集まるわたしたちは、家族という血のつながりだけでまとまった集団から脱しつつあるのだ。それぞれの血のつながらない家族の形態を、長年にわたってゆっくり実践し、模索し続けてきたことが現在を生み出している。

言葉が人を動かす

二〇一一年七月

山小屋は長い年月にわたって、血のつながらない新しい家族の形態を、ゆっくり実践し模索し続けてきた、とわたしは前回書いたが、最初からそのことを目的としてきたということではない。それは、気がつくとそうなっていた、というにすぎない。

たとえば、山小屋に集う人々を山小屋メンバーと名付けるのをわたしは警戒している。都合がいいのでときどきこの言葉を使ってしまうが、仲間という言葉のほうがほんとうはふさわしい。メンバーという名称は特権的な会員制の集団のようにみなされがちだ。わたしたちの山小屋は誰もが参加できるし、出入り自由である。言ってみれば交差点のような場所だ。ただ、山小屋の仲間になるには、これまで山小屋に顔を見せてわたしたちと親しくなった人からの紹介によるという、ゆるやかなルールらしきものがある。人を信用するということからしか、このような考え方は生まれない。

山小屋の文化になじまない人たちは、これまでも自然に離れていった。反対に新しい顔ぶれが増える、ということもあった。十年ほど離れていても、ふとしたきっかけでふたたび頻繁に顔を出すようになった人たちもいる。山小屋を利用する世代はつねに流動している。上は六十代から下は十代まで。

一宿一飯の義理を果たす、というのが山小屋の最大の掟である。つまり、宿泊代や食事代は無料だが、その分を身体で返せ、つまり、山小屋のために自分の特技を使って働け、というのである。料理が好きな人は料理を、大工仕事が好きな人は大工仕事を。草刈りが好きな人は草刈りを。山小屋で過ごすために必要なことはシンプルな労働である。

もうひとつの掟がある。山小屋では好きなことだけをやること。嫌いなことはやらなくていい、ということ。誰かが働いていても、無理にそれに同調する必要はない。やりたくなったらやればいい。料理をする人がいて、同じ時刻に楽器を演奏する人がいる。ツリーハウスの工事をする人がいて、本を読んでいる人がいる。子どもたちと遊んでいる人がいる。それでいい。

新しく来た人たちには、必ずこのふたつのことを説明するのだが、どうしてもこのルールになじめない人たちもいる。宿泊代や食事代を出すという人たちには、一時的カンパとして受け取ることもあるが、会員制にして山小屋利用者の全員から年間会費を取るべきだという意見には一貫して拒絶してきた。そんなことをすると、自分が山小屋に対して何もしないで、享受すべき権利だけを主張するようになり、サービスについての文句を言い出すのが人間の常である。

自然にいつの間にか離れていった人たちのことをふり返ると、彼らに共通することがある。このことが「血のつながらない新しい家族の形態」ということを考えるための参考になるだろう。

家族で遊びに来た人たちのなかで、夫婦と子どもあるいは親戚が、他の山小屋の仲間たちと一緒にならないで、いつも彼らだけでまとまって行動する、というパターンを踏む場合がある。たとえば、焚き火コーナーで食事をする場合でも彼らはつねに集団でかたまり、集団で語りあう。散り散りになって、山小屋にいる誰かと打ち解けあって話すことがない。夫婦や血のつながった係累というものが持つ、なんという不自由な囲い込みなのか。その囲い込みのなかで、自分たちは休暇でここに遊びに来ているのであって、ここではそのサービスを受けたいということが態度でよくわかる。どこかの民宿に来たような感覚で山小屋を利用している家族たち。わたしたちはそのことに対しても、そういう人たちだと思って何も言わない。しかし、彼らは自然に離れていくのである。山小屋の文化が自分たちにあわない、とわかるからだろう。

家族であっても、山小屋ではひとりひとり、別の行動をする。母親は子どもを見放し、新しい料理を覚えたり、クレッソンを摘みに出かけたりする。その子どもは村の子どもたちと遊び、他の大人がそれを見守る。父親は山小屋の男同士の会話や、焚き火や草刈りの仕事に夢中になる。そんなふうな家族が現れると、この人たちは山小屋の文化に溶け込んでいるな、と思う。そしてその通りに長続きするのである。

子どもたちは、幼児から十代まで、誰もが山小屋に来ると両親から離れて自由に活動し出す。家族から離れたいのは、いつも子どもたちである。山の自然は子どもたちに、本能的な探究心と独立心を与え、活動を活発にさせる。しかも遠くに親がいて、近くに山小屋の大人がいて見守っているという関係は、子どもたちにとっては絶好の環境となるらしい。男の子はカブトムシやクワガタムシを見つけると、最初に親に見せるのではなく、山小屋で親しくなった大人に見せに来る。誉められると、その後で親に獲物を見せる。

家族が家族の内側だけを向いて生きる、ということ。そのことの利点と欠点について、家族を維持している人間が身を持ってわかるようになるのは、子どもたちが成人して家から離れたときである。わたしは子どもがいないので、自分の経験を通して言うことはできないのだが、その頃になると、老後の親の介護という問題が襲ってくるにせよ（その新たな問題もきっかけになって）これまでとは別の人生のステップに入った、ということが夫婦ふたりの間で見えてくる。そのとき、どう生きようとするのが自然なのだろう。

山小屋の仲間たちを見ていて、山小屋を精神的な「避難小屋」としてもっとも頻繁に利用し、わたしたちと遊び、助けてくれるのは、独身の男女か、子どもたちが成人して夫婦ふたりだけになったカップルである。このとき夫婦は、山小屋では別々の行動をしながら連携プレイをする。家庭内の愚痴を山小屋仲間の前で披露して、それに同調する声や助言する声、客観的に批評する声を聞きながら食事をし、お酒を飲み、楽器を演奏し、歌をうたう。山小屋で企画する次のプロジェクトについて、あれやこれやと相談する。これは家族や家庭という、囲われた内側だけを向いた視線では成立させることができない。

社会的な軋轢や共同体の軋轢、その抑圧にうんざりして自由な空間のなかで息をするために、都会からも村からも山小屋に人はやってくる。ということだけではなしに、家庭という軋轢とその抑圧から避難する場所としても山小屋はある、ということだろう。

もちろん、わたしがここまで書いてきたことは、山小屋にまつわる考え方のなかでも、表面的な、理念的な事項にすぎない。三十年以上、山小屋の文化が続いてきたのは、村の人たちの山小屋への大きな援助があったからである。また、村の家庭に大病の人が出たとき、信頼できる都会の医師と病院を世話し、子どもの進学の相談、東京での下宿探し、就職先を探すなど、セキさんがこまごまと果たしてきた膨大な役割があってこそ、村の人たちとの交流が密接になってきたのだと思う。そのひとつひとつはつねに進行中なので、ここでは書き記すことができない。

ボランティアとはいったい何だろうか。こちらがやっていることに何の見返りもないことを承知でやることがボランティアだとしたら、わたしたちはボランティアなどしていない。見返りはちゃんといただこうと思っている。子どもたちが大きくなったら、山小屋で子どもたちが小さいときにわたしたちがしてやったことを返してもらう。そのことは冗談のように、子どもたちにつねづねマインドコントロールしているのである。

いまは結婚している村のキミドリちゃんが小さいとき、幼稚園の先生が彼女に聞いたことがある。

「大きくなったら何になるの？」「セキさんになる！」

だから山小屋の調理場がたいへんなとき、キミドリちゃんはいまでも駆けつけてくれる。その妹のユリカちゃんに小さいときからセキさんが仕込んだことがある。

「シジンが認知症になったら、村の介護老人ホームに入るから、そのときは毎日、子どもを連れてユリカが見舞いに行くんだよ」。そしてそのシーンを練習する。ユリカが言う。「シジン！ ユリカだよ」。わたしが答える。「ああ、ユリカちゃん。ありがとう。ところで、あなたはどなたさまで？」「ユリカだよ」「ああ、ユリカちゃん。ありがとう。ところで、あなたはどなたさまで？」

これを冗談で繰り返していると、「ほんとうに毎日行かなくちゃいけないの？」と小学生のときのユリカちゃんは真剣に聞いてきた。あはは、一日おきでもいいよ。やらなくちゃいけないことは彼女に十分にしみ込んだのである。いまは高校生になったユリカちゃんに、ときどきわたしは確かめたりする。彼女は笑って「うん」と言う。本気かね。

東日本大震災のあとで、釜石市のグループが「復興の狼煙ポスタープロジェクト」というのを始めた（http://fukkou-noroshi.jp/）。釜石の人と盛岡の広告人が組んで、釜石市や大槌町の震災と津波の後片付けをやっている地元民の写真を撮り、ポスターにする。インターネットで全国に売る。収益金は復興のための義援金にまわされる。写真のなかでは誰もが普通の表情をしているのだが、どれも素晴らしく力強く見える。そして、ポスターには一枚ごとに卓抜なコピーがついている。釜石市の瓦礫処理の途中だろうか、重機の前でヘルメットをかぶった四人の男たちがカメラの方向を見ている。そこに付されたコピー。「被災地じゃねえ正念場だ」。わたしは何度もこの写真とコピーの言葉に救われた。そうだ、この国でわたしたちがいまいる場所は「正念場」なのだと。

七月の半ば、わたしは気仙沼市に出かけた。地震と津波で牡蠣の養殖場が壊滅し、その復興に力を注いでいるグループに会いに行ったのである。「森は海の恋人」という魅力的な名称のグループで、二十年以上、気仙沼市唐桑町の舞根湾《もうね》で、畠山重篤さんを中心として活動してきた団体である。牡蠣やホタテが棲息できるような海の水を守るためには、まず山の森を育てねばならない、という気宇壮大なアイディアから始まり、植林事業を通して気仙沼の海の水を変え、大きな牡蠣を育ててきた。植林事業や子どもたちのためのサマースクールの開催など、ボランティア活動にも積極的だった。畠山さんはエッセイストでもあって、彼の「森は海の恋人」運動についてのエッセイは、中学校や高校の教科書にも載っている。

その養殖場が壊滅したのである。湾に浮かんでいた七十の牡蠣養殖のための筏はすべてなくなった。舞根湾に沿って建っていた漁師たちの家は、コンクリートの基礎だけを残して跡かたもなくなった。さいわい丘の上にあった四軒だけが残った。そのうちの一軒が畠山さんの家だった。わたしが選考に参加している地域文化賞があって、今年は「森は海の恋人」が受賞のひとつになった。推薦者のひとりとして、調査のために現地に出かけたのである。

震災直後は畠山さんも絶望しかけた牡蠣養殖事業だったが、わたしたちが出かけたときはボランティアグループの協力で、湾に二十の筏が浮かぶようになっていた。四ヵ月経ってようやく魚たちも戻ってきたという。さまざまなことをわたしは畠山さんから教わったが、ここではひとつだけ書いておこう。

「大事なのは言葉ですよ。言葉が人を動かすんです」

畠山さんが山の植林の現場に案内してくださって、二十年前に植えたブナの木が大きく育っている前で、ふと、もらされた言葉だった。

「森を守れ」や「海を守れ」や「牡蠣を守れ」というような言葉ではなく、地元の歌人の作品からヒントを得て「森は海の恋人」という卓抜なグループ名を選んだ人が、3・11以後の苦難のなかで、言葉こそが人を動かすと言った。そのつぶやきを聞いて、わたしは黙って身震いした。詩を書く人間として、わたしは自らの作品の言葉で人を動かせているだろうか、という素朴な思いが湧き起こった。

七月三十日、山小屋では毎年恒例の小室等コンサートが開かれた。「コムロ祭り」と銘打ってから六回目になる。こむろゆいさんも参加。わたしが顧問をしている詩と音楽のコラボレーション集団VOICE SPACEのメンバーも、楽器を持って大勢駆けつけた。村の人たちも含めると五十人以上が集まり、北軽井沢の別荘に滞在中の谷川俊太郎さんも聴きにきた。

今年は小室等の歌手デビュー五十周年にあたる。3・11以後は、以前と同じように歌を歌えなくなった、と小室等は何度も言った。丁寧で情熱あふれる歌が続いた。なかでも、おおたか静流作詞、梅津和時作曲「Vietnamese Gospel」は、胸を打った。ベトナム戦争の死者を追悼したサックス・ソロの曲が先にあり、近年、歌詞が書かれたのだという。それが3・11以後、なんとしっくり心にしみ通ってくることか。

怖いように、音も言葉も試され続けている。

それでも、海は壊れていない　畠山重篤さんを訪ねて

「ええーっ、ちょっと、みんな早く逃げなきゃ。夢じゃないよねえ。ええーっ、ちょっと何これ！」「あそこに人がいる！」「ええーっ、何これっ」「すごーい！」「ちょっとー！」「気仙沼市からお知らせします。現在、大津波警報が出されております」「これ一回目だからね」「チリ地震よりすごい」「また、地震きた！」「ああ、あれあれ、すごいのが来た！」「油流れてる！　油！」「下の家が流れてる！」「ほんとだ。ああーっ」「お父さん、お父さん！」「何なんだ、これは。何なんだろう！ほんとに」「全部終わりだ。チリ地震どころじゃねえ。ああー」「壊滅だあ」「渦巻いてるよ！」（「気仙沼湾に押し寄せる大津波が湾内を回流する様子」七分四十六秒。三月二十五日にYouTubeにアップされた動画より）

二〇一一年三月十一日、気仙沼湾を見下ろす魚町三丁目の高台から、東日本大震災の大津波の第一波が湾内に押し寄せてくる様子を、ひとりの市民がビデオカメラで撮影していた。いまもインターネットで見ることができるその動画から、叫び声だけを引用した。

人間は大きな災害に直面したとき、現実感がなくなって、ゆっくりと恐怖に親しんでいく。「夢じゃないよねえ」と言うのは、高台から見ていた主婦の言葉だ。

この日から四ヵ月経った七月二十日、わたしは気仙沼市に出かけた。車でこの高台を見上げた。「下の家が流されてる！」という叫び声が上がった、その高台の下の家の前の道を通った。いや、家がなくなっているので、どこまでが道なのか、正確にはわからなかったのだが。

高台の下に沿って建っていた建物は、わたしが何度も動画で見たシーンでは、湾に向かって左から右へ、ゆっくりと流されていたのだが、流された先には何があったのか。

気仙沼湾に面して大きな岩があって、その岩の上に五十鈴神社がある。流された「下の家」たちは、その大きな岩肌に何軒も、まるで紙のように折り重なって瓦礫となってへばりついていた。ゆっくりと流されていったはずなのに、大津波の巨大な力は、万力で締め上げるように家々を押し潰したのだ。

八月三十一日、わたしはもう一度、この地区を車で通過した。岩にへばりついた家々はそのままだった。車を降りて、湾に面した公園を歩いていたとき、足元に小さなプレートがあるのを見つけた。

「昭和三十五年（一九六〇）五月二十四日／チリ地震津波／海面から三・〇m」とあり、水没した高さを示す横線が引かれている。その横線はわたしの膝下あたりまでしかない。五十一年前のチリ地震津波の被害は深刻だったが、それをはるかに上回る今回の大津波は、警告をあざ笑うかのよう

に、このプレートをはるか水面下に沈めた。
先の動画のなかの声に「チリ地震よりすごい」「チリ地震どころじゃねえ」という言葉が出てくるのは、気仙沼市民にチリ地震の経験が生きていたからである。しかしその経験は何の役にも立たなかった。気仙沼湾に面した市内は、満潮になると瓦礫と化した家々が、鏡のなかに浮かぶように、いまも水に浸かっている。砂利で嵩上げした臨時の道路も海水の通り道になって、夕方になると分断される。レンタカーのナビは震災以前の地図上を走るわたしたちの行程を見せてくれるが、現実のわたしたちは地盤沈下で消え失せた道路の上を、水に浸かりながら走る。

七月と八月末から九月初旬にかけての二度、気仙沼市を訪ねたのは、気仙沼湾の東側にある小さな湾、市内中心部から峠を越えて車で二十分ほど先の舞根湾（唐桑町西舞根）へ行くためだった。そこに畠山重篤さん（昭和十八年〔一九四三〕生まれ）が経営する牡蠣養殖場があり、「牡蠣の森を慕う会」とNPO法人「森は海の恋人」の事務所がある。
「牡蠣の森を慕う会」は平成元年（一九八九）に畠山さんによって設立された。気仙沼湾の海の水が汚れ、赤潮で牡蠣が真っ赤になるという被害が起きてから、海の水を守るためには、山の森を育て、川の水を守らなければならないと考え、宮城県の海を守るために、県を越えて岩手県の室根山への植樹運動を始めたのが畠山さんだった。そこが気仙沼湾にそそぐ川の水源だったからだ。二十二年前のことだ。

前ページ・冠水した気仙沼市内（2011年９月）

室根山（標高八九五メートル）は気仙沼湾の沖合に出ると真っ正面に見える。漁師たちは昔からこの山を海上からの目印にしてきた。山頂にある室根神社の秋祭りでは、気仙沼湾の海水を捧げるという儀礼が行われてきた。森と海とは昔から信仰上でも結びついていたのである。

この山のブナやコナラの広葉樹が腐葉土を作る。その腐葉土が豊富な水を蓄え、川から海にそそいで植物性プランクトンを育て、牡蠣はそれを食べて成長するという、壮大な自然のサイクルを見つけたのが、「牡蠣の森を慕う会」を作ろうとしたときの畠山さんだった。彼は海を蘇らせるために、この地の自然の動きに沿おうと考えたのである。

二年前の平成二十一年（二〇〇九）、NPO法人「森は海の恋人」が生まれた。「牡蠣の森を慕う会」は地元の人たちが中心になっていて、山に木を植える植樹祭や、小中学生に森や海での体験学習をさせたりしてきた。「森は海の恋人」運動には、地元の人以外に全国の都市に住む人たちが集う。

二十年以上の植樹運動が功を奏して、舞根湾で採れた牡蠣は太っていて大きく、美味しいという評判が高かった。その牡蠣養殖場が、東日本大震災で壊滅状態になったのである。

畠山さんの牡蠣養殖場があった気仙沼市唐桑町西舞根には、小さな湾に沿って五十六軒の家があった。そのうち高台にあった四軒だけが助かり、残りの家は基礎だけを残して海の底にさらわれた。死者は四名。畠山さんの家は助かったうちの一軒だったが、海岸にあった事務所は崩壊し、船も七十台の牡蠣養殖の筏も海に消えた。畠山さんの母親は気仙沼市内を流れる大川の岸辺の老人ホームにいたが、津波に襲われて亡くなった。

「言葉は大事ですよ」と畠山さんは言った。わたしが初めて舞根湾を訪ねて、「牡蠣の森を慕う会」や「森は海の恋人」という組織の卓抜なネーミングを考えた由来を聞いたときだ。「慕う」という言葉の選び方。「森は海の恋人」もそうだが、一息にその活動の内容を示し、森と海との自然の連環を伝えてくれる。

東日本大震災の後、いまも続く福島第一原発の放射能汚染の問題は、わたしたちの日常生活を変えた。この国は震災以前と震災以後とで別のものになった。言葉も同じである。それまで使っていた言葉が別のイメージになり、言葉は日々試されるようになった。しかし、「牡蠣の森を慕う」も「森は海の恋人」という言葉も、震災以後、わたしの心をとらえた。

どこから「慕う」という言葉が生まれたのか。その言葉で地域の人々を説得できると最初から思っていたのですか、と聞いた。

「いやあ、思わない」、と畠山さんは笑った。「漁師仲間やこの地域の人からは、最初「おしょしー」と言われましたよ。「おしょしー」というのは、恥ずかしいという意味の方言です。「森は海の恋人」というのも、われわれの年代にとって「恋人」という言葉を口に出すのも「おしょしー」ですから。でも、悪い気はしない、ということで(笑)、スタートからこの指止まれ方式で、みんなが集まってくれました」

「慕う」という言葉は、『旧約聖書』から採ったという。「ああ神よ、鹿の谷川を慕いあえぐが如く、わが魂も汝を慕いあえぐなり」（詩篇四十二）
「この詩篇の、鹿と牡蠣を取り替えただけなのです。喉の乾いた鹿が水を飲みたくて死にそうになっている。それくらい神を慕う。牡蠣も、喉が乾いた鹿と同じように、森から流れてくる水の養分を慕っている、というふうにしたんです」
「森は海の恋人」というネーミングは、地元の歌人熊谷龍子の歌、

森は海を海は森を恋いながら悠久よりの愛紡ぎゆく

から生まれた。「森は海の恋人」の英語訳に際して、面白い逸話がある。美智子皇后から助言をいただいたというのだ。平成六年（一九九四）、「牡蠣の森を慕う会」は朝日森林文化賞を受賞した。そのとき皇居に招かれたときの縁で、優れた歌人であり翻訳家でもある美智子皇后に、英訳のおうかがいをたてたという。「long for」という熟語を使ってはどうか、というお答えがＦＡＸで届いた。

それ以降、「森は海の恋人」は「The forest is longing for the sea, The sea is longing for the forest」が英訳名になった。調べてみると、「long for」も『旧約聖書』にある言葉だということがわかった。

畠山重篤さんは、中国の上海で生まれた。父親が舞根湾で昭和二十二年（一九四七）から始めた

牡蠣養殖業を継ぐ。現在、息子たち三人が事業を手伝っている。震災当日はどんなふうだったのか。

「われわれの経験則は五十一年前のチリ地震津波なんですよ。高校生のときでした。海辺の作業場で床下浸水でした。だから、今回も下にあったパソコンをテーブルに上げるという程度でいいと思っていたんです。実際は、その十倍の規模ですよ、今回の津波は。地震があってから津波が来るまで二十分くらい時間があった。まさかこの丘の上まで来るとは思わなかった。これは駄目だと思いましたね。さすがのわたしでも、一時は絶望しました」

舞根湾は穏やかな海面で美しい。牡蠣養殖にふさわしい環境だ。「夢のような土地ですよ」と畠山さんは何度も言った。しかし、その湾のまわりの山々の樹木は津波が押し寄せた高さまで赤く枯れていた。海岸の鉄柱は歪んでくずれ、津波は電信柱の上を越えた。岸壁は沈み、海水が道路の上にまで押し寄せている。二〇メートルの高台にある畠山さんの家は、一時、村の避難所になっていた。そこへ至るまでの坂道に立つ木の高い枝にウキがぶら下がっている。この丘の上のこの高さまで、津波が来たという印である。

三男の畠山信さんは、現在「森は海の恋人」の副理事長をしている。彼の話は驚くほどリアルだった。

「パソコンを棚の上に置いてから、船を沖に出しました。津波のときに沖に船を出すと、二、三泊しなければならないと言われていたので、食べ物や寝袋やブルーシートを取りに行ったのがタイムラグになりました。完全に状況判断ミスでした。もっと早く出るべきだった。チリ地震津波くらいだろうと思っていたのが、判断ミスにつながったんです。

出航したら、やたらエンジンの調子がよくて、船は猛スピードで走ったんです。引き潮に乗っていたんですね。それに気づいたときは、第一波が目の前にありました。しようがない。大きな津波に突き刺さったんです、船が。津波の中を船が貫いて、ドーンと抜けてから垂直に、バックから落ちました。船がひっくりかえらなかったのでよかった。津波というのは海面が盛り上がるのです。灯台がみるみる目の前に沈んでいくのが見えて、灯台の先端が斜め下に見えました。結構、船が上がったんだなと思いました。エンジンが完全に駄目になったので、泳ぐ以外にないと。

海が急流河川のようになっていた。もともと急流河川のレスキューをやっていたんで、シーカヤックとか、リバーカヤックとかをやっていたんで、河川と同じだなと。細い潮の流れがたまたま陸地に向かっていたので、それに乗ってただよっていたら、なんとか陸に着くかなと思って。船を捨てて泳ぎました。第二波、第三波が来たら助からなかったでしょう。大島（気仙沼湾に浮かぶ島）にたどり着きました。はじめどこかわからなくて、高台に避難している人の話を聞いたら、ここは大島だと」

その話を聞きながらわたしは目を丸くしていた。無茶苦茶じゃないですか、よく助かりましたねと言った。横にいた畠山重篤さんに、心配じゃなかったですか、と聞いた。「無謀なやつですよ」と笑った。信さんの話は続く。

「泳ぎ着いてから、防水の携帯でメールをしました。兄に、いま大島にたどり着いた。船だめでした、ごめんなさい、と。それでいいかな、と思っていたら、今度は大島が火事になって。気仙沼から重油のタンクが流れてきて、それに引火して、火の海になって、大島が山火事になりました。避難所まで火が来る勢いになったので、青年団の人に手をかせと言われて、ずっと消火活動をしていました」

重篤さんが言う。「そんなドラマが、このあたりの人には一杯あるんですよ。心配しましたよ。メールがあったのは聞いていたけど、ほんとうかと思って。それ以降、通信が途絶えていたから。帰ってきたのは四日目でしたよ。ひょっこり帰ってきたんです」

信さんによると、こういうことだ。

「たまたま自衛隊のヘリが大島に来て、カラで帰るから乗りたい人はいるか、というので手をあげたら乗っけてくれました。気仙沼の市街地まで乗って、そこからは二時間、唐桑まで歩きました」

畠山重篤さんの植樹運動は有名で、現在の小学校や中学校の教科書にも載っている。彼自身が優れたエッセイストでもあって、数々の著書もある。知ろうとすれば情報はあふれているのだが、わたしがこの夏二度も会いに行ったのは、舞根湾が魅力的だったし、畠山重篤という牡蠣と同じように言葉を愛する男がいる、ということが魅力的だったからだ。

「今度でいちばん不安だったのは、海が壊れたのではないか、ということでした。でも、壊れていませんでした。二ヵ月経ってから魚も戻ってきました。森と川が健全であれば、自然は大丈夫。太

舞根湾（気仙沼市唐桑町西舞根）、筏の組み立て作業（2011年８月）

平洋の潮だけでは植物性プランクトンは増えない。森の腐葉土が鉄分（フルボ酸鉄）を生み出し、それが水に溶けて川に流れないと湾内の植物性プランクトンは増えない。人間が作った家は壊れたけれど、森と川は壊れなかった。だから海は壊れなかった。それが希望ですよ」

五月以降、牡蠣の種は筏に吊るされた。三ヵ月経つと、牡蠣の稚貝が例年より大きく急成長していることがわかった。

「津波の翌年は、牡蠣の成長がいいと、父親が教えてくれました。他の生き物がさらわれて、餌の競争相手がないのだから。来年の春にはみごとな牡蠣が採れますよ」

八月。漁師たちの指導でボランティアの学生たちが筏を組み立てていた。その横の真新しい桟橋の上で畠山さんの話を聞いた。桟橋は出来たばかりで、阪神大震災で被災した経験のある神戸の大工さんが、泊まり込みで作ってくれたという。

今年の秋はサケが大量に川を遡るだろうという。東北でいちばん大きな川は北上川だが、サケは例年五万匹、遡る。気仙沼を流れる大川はそれよりも十分の一の長さの小さな川だが、六万匹が遡る。川の水の質がいいのだ。畠山さんたちの山仕事のおかげである。例年、沖で定置網や刺し網でサケをとっていたが、今年はそれをやらない。行方不明者がこの地域で五百人以上いる。漁師たちの不文律で、そういう年は一年間、漁を休む。だから、大川を遡るサケはもっと多くなるだろう。瓦礫だらけの大川の岸辺。そこを大量のサケが遡っていく光景を思い浮かべた。不幸と幸福が重なり合う。

大津波で、舞根湾には人が住まなくなった。地盤沈下と高潮でそれまでの住居跡は湿地帯になった。この湿地帯が鉄分の新しい供給源になっている。湾に船を浮かべて山の方向を見ると、森、川、海がひと連なりで、箱庭のようだ。

「舞根湾の浸水地域の埋め立てを止めて、森、川、海、湿地帯という、自然を見せる博物館のようなものにしたらいい。ここに研究者たちも入った施設も作る計画があるのです。山の奥にきれいな森を作って、漁師たちは集団移住で高台に住んで漁に出る。観光客を牡蠣の筏に案内する役割もできる。巨大な海の公園。理想的で夢のような世界を作りたい。そういう自然を見せながら、最後にみんなで牡蠣を食べる（笑）」

なるほど！　したたかに生きなくちゃ。わたしたちは船の上で笑いあった。


左ページ・舞根湾に浮かぶ新たな牡蠣の養殖筏

「風のブランコ」と腐葉土を見つめて

二〇一一年九月

「この頃、お湯が熱くなってね。三月十一日からだと思うんだけど」

里の旅館「鹿澤館」の女将のタイコさんが、そう言った。東日本大震災の後、浅間山の煙がほとんど出ていない、という話は聞いたことがあるが、そう言えば、新鹿沢温泉のお湯が熱くなっていたのだ。まるで、東京の下町の銭湯がそうであるように、ぐっと我慢をして入らないと熱くてたまらない。旧鹿沢温泉にある峠の旅館「紅葉館」が元湯だが、そこでのお湯の温度はいつもは約四十三度。そこから里の新鹿沢までパイプを通してお湯は届く。当然、低くなるはずが、四十四度から四十五度くらいの温度になっているのだ。元湯の温度はもっと高くなっているはずだ。

タイコさんによると、子どもたちが夏の合宿に来たとき、熱すぎるというので、最近はお湯の流量を半分に絞っていたという。湯船に流れ落ちるとき、少しは温度が低くなるらしい。地震は群馬県の火山の地下層をどのように動かしたのか。全国各地で、お湯が出なくなった温泉があるかと思えば、突然、温泉が湧きだした土地もある。お湯の温度が高くなる、という程度なら、まだましなのかもしれない。

例年のごとく、今年もネパール式の竹で組み立てる「風のブランコ」作りが始まった。竹はすでに五月に切ってきて、山小屋の書斎の下に寝かせてある。中之条という、山小屋から車で四十分はかかる平野部にある町の、農家の竹藪からもらってきたものだ。毎年、ブランコのロープを吊るす横棒（単管パイプ）が、漕いでいるうちに斜めになる。ブランコは南北に漕ぐようになっているのだが、時間が経つにつれて、横棒は西の山側が高くなり、東の谷側が低くなるのだ。ロープとピリカ（踏み板）を調整すればブランコを漕ぐのには困らないが、まっすぐに揺れない。四本の竹の支柱は一年経つとひび割れが始まる。

二〇〇六年の秋に最初の「風のブランコ」を作ってから、今年で六代目になる。われわれのブランコ作りのノウハウも、ネパールの本場よりも優れたものになったのではないか。アジャール君に言わせれば、カトマンズで秋に作られるブランコの作り手は、田舎の農村から出てきた雇われ男たちで、カトマンズ市民は作れないらしい。ネパールの竹は日本より太いので、その太さによって少々いい加減な設計のブランコでもしなやかに漕げるらしい。かの地では一ヵ月でブランコは取り払われる。われわれは湿気の多い日本で、竹のブランコを一年間、使っている。というわけで、今回はいままでよりもっと太い竹を使おうと考えた。気候の暖かい平野部まで降りて、建材屋のトクさんが見つけてきたのが、中之条に住む老夫婦の竹藪だった。

直径四〇センチの肉厚の竹が林立していた。小躍りするほどの太い真竹だ。長さ一二メートルに切り、四トントラックで運んだ。

このとき、VOICE SPACEの邦楽組が山小屋に遊びに来ていた。小鼓のイシイ・チヅルと、尺八のワタナベ・モトコだ。ふたりは竹藪で竹を切るのを見たい、というので、それなら、鼓と尺八を持っていって、われわれが作業をしているとき、竹藪で演奏すること。竹をいただいたお礼に、老夫婦に一曲、演奏してはどうだろう、と持ちかけた。門付け芸である。面白い！　というので、彼女たちも一緒に車に乗った。

直径四〇センチの竹は、さすがに運ぶのは重かった。八百屋のキー坊さんと床屋のナカザワさん、トクさん、アジャール君と奥さんのキョッキー、そしてわたし。汗だくになって切り、トラックまで運んだ。一本の竹は、四人がかりにならないと運べない。竹藪のなかで尺八と鼓の即興演奏が鳴り響いた。尺八は、たくみに竹を運ぶときのリズムに呼応していた。鼓が入り、「ヨォー、ホォーッ」という掛け声が響きだすと、竹藪の横の家のベランダから、何が起こったのかと子どもたちが身を乗り出して聴いている。ほんとうの竹藪のなかで演奏するなんて初めて、とふたりは言った。

竹をトラックに積んだあと、竹藪の持ち主のお爺さん（八十歳代くらいだろうか）に庭の椅子に坐ってもらい、その前で演奏した。驚いたことに、モトコちゃんの尺八を見ると、お爺さんはそれを手にとり、ワシも若いころは尺八を吹いていた、と言った。「アー管」を使っていたと言い、音を出した。「アー管」は「A管」のことで、通称「二尺三寸」とも呼ばれている。普通の尺八は一尺八寸だが、それよりも長く、低音が響く。尺八はムツカシイね、若いのによく音が出るね、とお爺さんはにこにこしながら、眼を細めて聴き入ってくれた。

なめてはいけない。クラシックと違って、日本での邦楽の世界の底は恐ろしく広い。十分ほど演奏して、ふたりがお爺さんにお礼を言って立ち上がったとき、隣の家から若い主婦が飛び出してきた。「あらあ、もう終わったの？　残念だわ」と言って、引き返した。近所の人たちも家のなかで聞き耳を立てていたのだ。そのまま庭で演奏を続けていたら、もっと人が集まっただろう。門付け芸というのはこういう世界で行われてきたのだ、ということがよくわかった。

邦楽は強い、と思う。いつでもどこでも、この国の自然の風景に溶け込む。ふだんは聴き慣れていなくても、日本人の身体の奥底に、音の遺伝子が残っているように思う。

それが五月のことだった。九月になって、その竹を使ってブランコを立ちあげた。ナカザワさんは、今年もヒンズー教のお祈りの儀式に使うための雄鶏を手に入れてやってきた。「もう養鶏場も、何に使うのか？　と聞かなくなったよ」と言った。毎年秋になると、雄鶏を欲しがる珍しい男、ということが定着したらしい。今年の雄鶏は若くて精悍だった。

素晴らしく太い竹が四本立ち上がった。左右で二本ずつクロスして紐で縛ると、アジャール君はその上に、水平器を使って横棒を水平に置いた。そのとき、初めてわかった。去年までの五回、わたしたちは下から見上げて、横棒の水平を決めていた。しかし、その水平感覚は、眼の錯覚だったのだ。下から見ると明らかに谷側が三〇センチほど高くなっているように見えるのに、水平器によるとその角度こそが水平なのだ。漕ぎ出すとすぐに横棒が谷側に低く傾いたのは、最初から横棒を谷川に傾けていたからだった。力が入るとますます谷側に傾いていったのだろう。なんだ、そういうことか、とわたしたちは吹き出した。眼の錯覚というのは、確信を持ってしまうから怖い。こんなふうにして、素人集団のブランコ作りのノウハウはまた一歩、漸進したのだった。

ヒンズー教の儀礼にしたがってアジャール君が雄鶏の首を切って、吹き出す血を四本の竹の根本とピリカ（踏み板）に捧げた。首を切る直前、雄鶏は身震いした。アジャール君は言った。「雄鶏がこのしぐさをするときは、切っていいよ、と言っているのです」。ヒンズー教の教えは、実に日常的で具体的だ。

雨が降ってきた。猛烈な夕立だ。雨のなかで雄鶏は捌かれ、肉はネパールのカレー粉にまぶされて、焼き鶏になった。柔らかい肉だった。

初乗りは結婚していない女性でなければならない。今年は高校二年生のユリカちゃんに頼んだ。小さい頃は喜んで乗ってくれたのに、娘になると「わたしはみんなの見ていないところで、ひっそりと乗りたい」と言ったりした。けれどもユリカちゃんは乗ってくれて、無事、アジャール君が主導するヒンズーの儀式は終了した。

一時間ほどしたら、mixiのブログに、ユリカちゃんはブランコの写真をアップしていた。「今年の山小屋のブランコめっちゃ高くていい感じ。今年は、あたしが初乗りしたから、オッケーっしょ（笑）。めっちゃ気持ちいいよ。ぜひ、のってみてぇー（笑）」。同級生たちから「イイネ」と賛同するサインが十四個も付いていた。

左ページ・ヒンズー教の儀礼にしたがって４本の柱に花と米、鶏の血を捧げる。186ページ・2011年度版「風のブランコ」

満月の夜だった。山の森が秋の風に騒いでいる。ベランダに枯れ枝や枯葉が次々と落ちてくる。それを焚き火にくべながら、この山の腐葉土について考えた。山の斜面は腐葉土が一〇センチ近くある。ほとんどがブナやミズナラや白樺など広葉樹の葉が積もったものだ。

八月末に気仙沼で牡蠣養殖業を営む畠山重篤さんを訪ねたことを思い出す。いい牡蠣が育つ条件は、牡蠣が海のなかで食べる植物性プランクトンが豊富かどうかにかかっている、という話を聴いた。

植物性プランクトンは鉄を食べて増える。鉄はきわめて水に溶けにくい元素だ。しかし、水に溶ける鉄分（溶存鉄）を、山の森のなかの腐葉土が作るという。

広葉樹の腐葉土が分解する過程で「フルボ酸」という物質ができる。それが土のなかで鉄イオンと結びつくと「フルボ酸鉄」になる。この「フルボ酸鉄」は、植物が細胞に吸収しやすい鉄成分で、川の水に溶けて海に流れ込む。そして沿岸の植物性プランクトンや海藻の生育を助ける。

宮城県では、岩手県の山々の森の腐葉土が「フルボ酸鉄」を作り、渓流を伝って、気仙沼湾まで流れ込んでいる。

三陸海岸の沖合いは、世界の三大漁場と言われている。それが成立するためには、気仙沼湾周辺の森と川が植物性プランクトンを育んだだけではなかった。

ロシアのアムール川流域の森の腐葉土が育てた「フルボ酸鉄」が関係しているという。アムール川に流れ出した「フルボ酸鉄」はオホーツク海に入った後、流氷に封印されて、カムチャツカ半島南端のブッソル海峡を通過し、太平洋に流れ込む。この海峡は深くて、ロシアの原潜の通り道でもあるそうだ。「フルボ酸鉄」はそのようにして三陸沖まで届く。そのため、三陸沖は植物性プランクトンが爆発的に発生する海となり、魚貝類の宝庫になった。

アムール川から三陸沖まで流氷に乗って流れてくる鉄分。思いもかけない話を畠山さんから聞かされて、その規模の壮大さにわたしは驚いた。地球は何という見えない循環のなかにあるのか。十年ほど前に提唱されたこの学説は、いまや常識となりつつあるらしい。日本とロシアの学者たちがアムール川とオホーツク海の水質について共同研究をする学会もできている。

畠山さんは、地震と大津波で「海が壊れたのではないかというのがいちばん心配だった」と言った。しかし、壊れていなかった。「人間が作った家は壊れたが、川からいい水が流れている。川と森が壊れなかったから、海も壊れなかったのです」

わたしたちの山小屋の斜面にある腐葉土も、おそらく「フルボ酸鉄」を生み出しているに違いない。山小屋の敷地のはずれを細い渓流が流れている。ヤマメの姿がときどき見られる。この水は美味しい。山小屋の水道は、この渓流の上流から採られている。

渓流の水は吾妻《あがつま》川に注ぎ、利根川に合流して千葉県沖の鹿島灘へ、また江戸川と荒川に分流して東京湾に流れ込む。しかし吾妻川周辺の農地は化学肥料を使い、硫黄分の多い温泉のお湯も流れ込むから、下流の水質がいいとは思えない。おまけに吾妻川中流域に、いまも建設中止か続行かが問題となっている八ツ場ダムが完成すると、上流で腐葉土が蓄えた水の生命は絶たれるだろう。いや、すでにダム周辺の森林は伐採され、山肌は削り取られているから、周辺の森の腐葉土から「フルボ酸鉄」が生まれる術もない。東京湾の海水が汚れて魚が少なくなったと言われてから、ずいぶん長い年月が経つ。

山小屋の斜面の腐葉土を見つめながら、わたしは天を仰ぐ。腐葉土にまつわる足元からすくわれるような話が、それからしばらくして新聞に載った。「落ち葉取り除けばセシウム九割減　森林の除染に手がかり」という「朝日新聞」九月十四日の記事だ。

「落ち葉を取り除けば、森林の地表では最高で九割の放射性セシウムの汚染度を減らせる——。こんな調査結果を、文部科学省の研究チームがまとめ、十三日に公表した。福島県は七割以上が森林で覆われている。東京電力福島第一原発事故による広大な汚染地域の除染の見通しは立っていないが、取り組みを進めるうえで手がかりになるという」

福島県の計画的避難区域に指定されている川俣町山木屋地区の森林での土壌汚染や大気中の放射線量を調査した結果だ。

「広葉樹林と若齢林はセシウムの九割が表面の落ち葉に蓄積され、土壌には一割しか浸透していなかった。一方、樹間が広い壮齢林では土壌への蓄積量は五割程度だった」

福島県の森の腐葉土がなくなる。いたしかたのないことだとしても、放射性物質はこのようにして、地球の生態系の循環をも壊そうとしているのだ。

瓦礫の下から唄が聴こえる

二〇一一年十月

十月初旬。秋の草刈りシーズンがやってきた。山小屋の隣にある女鹿淵《めかぶち》スキー場跡地の広大な斜面に生える草を、数日かけて刈る。このイベントが終わらないと、山小屋の一年の締めくくりにならない、というふうに、いつのまにかなってしまった。

今年のススキは茎が細い。背も高くなく、草刈り機で刈るのに絶好のコンディションになっている。去年のススキは一度草刈り機を回しただけでは倒れないほど強靭だったのだが、今年は夏の猛暑と豪雨が柔らかなススキを育てたらしい。

スキー場跡地は村の牧野《ぼくや》組合が管理しているのだが、組合にお願いして山小屋に集う仲間が秋の草刈りを始めたのは、翌春に高山植物やワラビやゼンマイ、天然記念物のレンゲツツジがたくさん芽吹くことを願ってのことだった。二〇〇二年の秋に第一回目の草刈りを開始してから、今年で十年目になる。おかげで、山の斜面は早春にはワラビやゼンマイの宝庫になり、レンゲツツジは次々と広がっていった。

十年間、草刈りをやり続けると、わたしたちの耳にも村の人たちの反応が聞こえてくるようになった。村の人たちは、わたしたちが倒したススキが乾燥する頃を待って、ススキを束にして持って帰る。一月十五日の小正月のとき、「どんど焼き」(この地方では、「おんぼや」と呼んでいる)の焚きつけにするという人もいれば、田畑の肥料に使ったり、家の茅葺き屋根の修理に使うという人もいる。「小さい頃、よく遊んだ美しいスキー場に戻ったようで、嬉しい」と伝えてくれるお婆さんもいた。

ススキはイネ科で茅《かや》の一種である。ススキが大量に生えている場所を茅場《かやば》と呼ぶが、近年は少なくなり、女鹿淵スキー場跡地のススキは希少価値になっている。

例年のように、東京や群馬や埼玉の各地、また嬬恋村から多くの人が草刈り隊に参加してくれた。今年は、初めて参加する人が多かった。元看護師のアキモトさんとお姉さんのエンドウさんは、一度草刈りをやりたくて、と言って東京からやってきた。JTに勤める東京のウサミさんも同じだった。八月に山小屋に遊びに来たとき、これだけ美味しいものを食べさせてもらったのだから、お礼に草刈りをやります、と言っていたのだが、ほんとうにやってきた。義理がたい人である。三人とも、初めて草刈り機を回したのだが、半日経たないうちに、草刈り職人の顔になっていた。

草は無言のまま刈りとる人間を試す。無心にならないと、草は次々と倒れてくれない。ゆっくりと歩くスピードで前に進み、草刈り機のアームの長さ分の半円形を描いて草の根本を刈る。ススキの林のなかで、アームをぶん回すという感触だ。ススキは数十本以上の束になって生えていて、その束の根本を土とともに刈り込む。できるだけ地上に茎が残らないようにする。そこまで刈っておくと、翌年は柔らかいススキになる。ススキや草だけではなく、不必要な未生《みしょう》のカラマツや枯れて堅くなったハギも、根本から一瞬にして切り落とす。「ストレスが吹っ飛ぶわ！」と、休憩時間にエンドウさんは言った。

埼玉県の深谷からやってきたワタナベさんは、草刈り隊の常連になっている。草刈りのためにあつらえたという真っ赤なつなぎ服で現れて、大きな区画を担当して、猛烈な勢いで刈った。「なかなか、無心になれませんよ」と彼は言う。人それぞれ、草刈りの最中に思うことは違う。

スキー場跡地の頂上部分、急斜面を刈るのを使命にしている長野原の旅館、山形屋主人アワノさんは、今年も最難関の斜面をひとりで引き受けてくれた。「これをやらないと、気になって、気になって」と言いながら三日間連続の作業だった。山の斜面は片足に重心がかかるので、疲れると足がつる。アワノさんはそれをいちばん気にしていたが、なんとかセーフだったようだ。

わたしが草刈りに夢中になっていて、ふと気がつくと、嬬恋村役場のサトウさんが、遠くで黙って草を刈り出している。アワノさんやサトウさんは草刈りのプロだから、刈り取った草は田圃の畝のように、左側か右側に、きれいに直線上に並ぶ。

草刈りはススキの林に道を付けて、ブロックごとに分けることから始まる。各ブロックをひとりが担当する。ススキの林に遮られて、草刈り人同士がぶつからないようにするのだ。ブロック分けが済むと、刈り終えるまでの時間計算ができる。同時に、あのブロックを殲滅させないと心残りだ、というふうに、不思議な闘争心が誰もに湧いてくる。これは「草刈りの呪い」とも言うべきもので、草を刈り始めると中毒症状に入り、刈り終えるまでやりたいと、身体が自然に反応するのだ。

セキさんは連日、ススキの林の奥地に挑戦しつづけ、四日目にやってきた高崎のヨッちゃんは、一日かけて平地部のススキを片づけてくれた。床屋のナカザワさんも同じ日、アワノさんと一緒に急斜面を担当した。峠の旅館のそば処「雨過山坊《うかさんぼう》」のミッチーが、道路を車で通りながらわたしたちの作業を見つけて、自分の草刈り機を持って助っ人にやってきたりした。

山小屋のシェフ、イナミさんは草刈り隊のためのお手製パンを大量に持ってきてくれた。イナミ・シェフがいると、山小屋の食事はたちまち豪華になる。ナカザワ夫人ヒロコさんとセキさんの三人で、料理班は入れ代わり立ち代わりの草刈り隊員のための食事でフル回転だった。

草を刈りながら、わたしはずっと同じことを考えていた。いや、考えることができるのは草を刈り始める最初のときだけだ。堅い茎に出会ったり、キツネやタヌキの獣道を見つけたりすると、草刈りのリズムが壊れて、それまで考えていたことは吹っ飛ぶ。草のこと以外考えなくなる。一息入れて、また草を刈り出すと、ふたたび同じことを考え始める。そのことを書こう。

九月末、四泊五日の日程で、津軽三味線の二代目高橋竹山さんと一緒に、東北の被災地を回った。釜石、大船渡、陸前高田。これらの町の仮設住宅の集会所や公民館で、竹山さんが津軽三味線の演奏と民謡、わたしは竹山さんの伴奏で詩を朗読した。実質三日間で、計六回のイベントだった。どの会場でも、被災者たちが五十人から百人近く集まってくださった。

釜石市唐丹漁港、津波で崩壊した防潮堤（2011年9月）

民謡の力は強い、とわたしは現地でつくづくと思った。岩手県の「牛方節（南部牛追い唄）」、宮城県の「斎太郎節」、福島県の「新相馬節」を彼女が歌うと、会場で必ず誰かが気持ちよさそうに唱和した。その人を見て観客がくすくす笑い出し、やがて手拍子が広がっていく。大地に根ざした音楽の強さである。大地が壊れても、そこで長く伝承され育まれてきた歌は、こんなふうに人を元気づける。

津軽三味線はもちろん津軽の音楽だが、竹山さんは三味線を弾くだけではなく歌うことができる。現在の津軽三味線弾きで民謡をアカペラで歌えるのは彼女だけ、と言ってもいい。演奏だけではなく歌も歌えるようにならないと駄目だ、と彼女に教えたのは、初代高橋竹山（一九一〇―一九九八）だった。

盲目だった初代竹山は、三陸地方を何度も門付け芸で回っている。昭和八年（一九三三）三月の大津波のときも、岩手県の三陸沿岸の村にいて、地震が起きたときは宿屋にいたそうだ。大津波が来る直前、竹藪の中の竹につかまりながら裏山を登って助かったという。そんな話を二代目は、初代から聞かされていた。

「竹山さん、一緒に東北へ門付け芸に行きましょう」とわたしは、今年の四月末、山口で彼女に言った。その日、山口で中原中也生誕祭があり、中原中也記念館の中庭で、竹山さんの津軽三味線とわたしの詩の朗読のセッションをやったのだった。すべてのイベントが終わったあとの飲み会の席上だった。

津軽三味線はもともと、語り物（口説き節）が中心だった。三味線だけを演奏する、しかも現在のような激しい叩きつけるような演奏法が流行しだしたのは近年のことだ。初代の演奏はもっと滑らかだったし、「口説き節」をよくしたと竹山さんは言った。津軽三味線の「口説き節」の源流は、琵琶語りであった。中世以降、西日本を中心に流行した琵琶は、東北では津軽三味線に変わった。沖縄の三味線（三線）がバチを使わないように、もともと三味線は爪弾く楽器だった。それがバチを使用するようになったのは、琵琶がバチを使っていたからである。津軽三味線が太棹になり、バチも他の流派の三味線よりも幾分大きくなるのは、津軽人特有の目立ちたがりから来ている、というのは初代の教えであった。

琵琶の語り物で有名なのは『平家物語』だが、このような語り物が日本に生まれたのは、無数の死者の霊がこの国に浮かんだときであった。源平合戦の死者。そして数々の疫病（祟りと呼ばれた）

や飢饉による死者。それらを鎮魂するためにも数々の語り物は生まれた。盲目の琵琶法師たちがそれを伝えた。文字など知らない庶民には、琵琶とともに演奏される口語りの物語こそが圧倒的な力になった。

「死者の魂を招くこと」（本書一三九ページ以下）のなかでわたしは、東日本大震災に寄せて「福島弁で、宮城弁で、いやすべての東北弁で、今回の惨禍を語ること。その語り部が必要だとわたしは考えている。死者の魂を出入りさせる「球」に、わたしたちがならねばならない」と書いた。

もはや語り物は新しく作ることができない、昔のものを伝承していくだけであり、わたしたちはそれを聴くだけだ、と思っていたのに、東日本大震災は別の様相をもってわたしに近づいてきたのだった。こんなに多くの、数万にも及ぶ死者の霊が東北地方に浮かんでいるのに、そして今後も増え続けるはずなのに、その死者の霊を鎮魂する新たな語り物は作れないのか？

「竹山さん、一緒に東北へ門付け芸に行きましょう」とわたしが思わず言ったのは、そういう願いがあったからだった。東北の被災者たちそれぞれが体験し、いまも体験している凄まじい、想像を絶する物語を聞いて、その言葉を編みながら、津軽三味線の新しい語り物を作る。それをやりたい、何年かかってもいいから作りたい、と思ったのだった。二代目竹山は、すぐさま応じた。「いつ、行く？　わたしはいつでもいいよ！」

門付け芸をやりながら東北各地を回り、そこで被災した人たちの物語を聞かせていただく。何度も行って、話を聞く。それが希望だったのだが、飛び込みで一軒一軒を訪ね歩くかつての門付け芸

左ページ・大船渡市内、陸に乗り上げた船（2011年９月）

など実際にはできる状況ではない。どういうふうに東北を回るか、長い間、悩んでいたが、竹山さんのご主人でアルピニストの青田浩さんが、初夏にリュックを背負ってひとりで三陸地方を回って事前調査をしてきた。旅から戻ってきた彼は、小さな漁村でまだ何の支援も届いていないところがたくさんある。そんなところこそ行くべきところだ、と教えてくれた。

結局、青田さんのアルピニスト人脈のつながりで、大船渡市に住む千葉東晃さんが、今回の六回のイベントのプロデュースを買って出てくださったのだった。わたしたちは大船渡市の福祉の里センターという、ボランティアたちが長期滞在している宿泊所を根城にして回った。床屋のナカザワさんが、わたしたちの車の運転手を志願してくれた。いざというときには役にたつかもしれないと考えて、彼は床屋の道具も持参した。結局、時間が足らなくて、仮設住宅の人たちの髪を刈ることはできなかったのだが。

詩の朗読は、毎回が緊張の連続だった。家を流された人も流されなかった人も集ったのだが、被災状況は漁村ごとに異なっていた。そのたびに、トークの内容を変えた。竹山さんは毎回、入魂の名人芸を披露した。わたしの詩の朗読に涙を流してくださる方々がいた。舞台の上で身震いした。わたしたちは新しい津軽三味線の語り物を作りたいのです、と言うと、どの会場でも大勢がうなずき、拍手された。イベントのあと残ってくださった方々にふたりで話を聞き、録音した。そのなかのひとつに、大船渡の主婦の忘れがたい体験談があった。

第一波の津波が襲ってきた後、職場から自分の家に向かう途中、瓦礫の下から助けを呼ぶ声を無数に聞いた。助ける力がないので、ごめんなさいと泣きながら道を急いだ。あるところで、瓦礫の下から民謡をうたう男の声が聴こえてきた。

「なんの民謡かわかりましたか？」

「八戸小唄でした」

瓦礫の下敷きになって閉じ込められた人が、どうして民謡をうたっていたのだろう。第二波、第三波の津波が、その後襲ってくる。自分がここにいる、ということを知らせたかった、ということもあるだろうが、民謡が彼を力づけていたのだろうか。「八戸小唄は初代もうたっていた」と竹山さんは言った。

草刈りをしながら、わたしは何度も瓦礫の下で民謡をうたっていた人の心を想像してみた。わたしならそんなとき、どんな唄をうたえるだろうか。

声たち（大船渡市・下船渡）

歩きで山を回って、この下船渡まで来たんです。わが家が気になって、気になって。壊れた家を乗り越えました。見てきました。

ほんとうに修羅場を見てきました。見てきました。

わたしが歩いている近くで、亡くなった人が二人、ドタンと出てきたり。

潰れた家の下から手をあげていたのがチラッと見えたりしたけど、わたしはほんとうはこの人達を助けたいな、と悩んだんです。

困ったな、困ったな、でも、神様助けてください、わたしの主人は心臓の手術して入院しているし、わたしの家には動物がいる。

わたしは子どもがないから、拾った猫とか犬を育ててましたので。どうかな、どうかな、うちはどうかな、駄目かな、と思ったり。

高台から妹の家のほうを見たら、もう家は無くなっていました。津波がものすごい勢いで流れていまして。

妹は逃げたんだろうなと思いながら、そして、修羅場を越えて、山、山、山と選んで、

どうか神様わたしを許してください、わたしは我が家に行き

たいんです。我が家がどうなったか、たぶん駄目かもしれないけれど、行きたいんです。許してください。

今日だけわたしは悪い人になってます。すみませんって、神様にお願いして、

わたしを許してください、なぜかというと、わたしは元看護婦の仕事をしてましたので、そこは一昨年定年になりまして、あとは寮母として働いていました。

それで、津波になったので神様許してください、許してくださいい、許してくださいと言いながらも、

聴こえたんです。

助けてください、とかいう声と、ショックで頭が……、年老いた方かな、

唄うたってる声が聴こえてきましたよ。

潰れた家の下から。

でも、わたしはそっちのほう見ませんでした。

見ませんでした。声だけ聴きながら。いま思えば、それは民謡じゃなかったかな、と思ったんですよ。

八戸小唄だったと思いますよ。

なぜ民謡かとわかったかと言うと、うちのお姑さんも青森の八戸なんですよ、生まれが。

お義母さん、八戸小唄が好きで、うたっていたんです。

ちょっと、そう聴こえた。いろいろうたっていました、その方は。

明るかったです。三時半頃です。津波が来ている最中でした。来てましたよ。

来てましたよ。だってわたしは高台で、津波を見てから我が家に向かったんですから。

第一波、第二波って。夜も来た。それで、あの船、大きいのが上がったって聞きましたね。わたしが渡ったときは、陸に船、いなかったんですから。

潰れた家の下で、唄、一生懸命うたっていたのは、かなり年とっている方で。

助けを求めていたんではなかろうかなと思いました。

見ませんでした。つらかったです。かなしかったです。

泣き泣き歩きました、山を。

そして、やっと我が家にたどり着いたんです。やっぱり、我が家は壊れていたけれども、かろうじて流されずに残っていました。犬猫はどうなったのかなあって。子どもがいないから、わたしたち。

猫二匹、流されました。

三日目に行ったら、猫三匹だけ高いところにいて助かってました。犬は倒れた家具と立ち上がった畳との間に挟まれて生きてました。

ええ、まあ凄い津波が来たんだな、とわたしは思いました、ほんとう。

夫・畑中靖（七十歳）
妻・畑中みつ子（六十三歳）

東北民謡を巡る旅

二〇一一年九月から、津軽三味線の二代目高橋竹山と一緒に、東北の三陸海岸の町や村を訪ねる旅が続いている。

初代高橋竹山（一九一〇―九八）は、大正末年から昭和初年代まで、彼が十代半ばから二十代半ばの頃、北海道や東北の三陸海岸の各地を門付けして歩いた。「門付け」というのは、家々の門前に立って芸を行い、報酬を乞うことをいう。旅をしながら日々の食い扶持を得る。このような盲目の三味線弾きを、当時の東北では「ボサマ」と呼んだ。初代竹山は、二十三歳のとき、昭和八年の三陸沖地震津波にも出会っている。

東日本大震災の後、初代竹山の歩いた三陸海岸の町や村を歩いてみよう、とわたしは二代目竹山と相談した。被災地の仮設住宅や公民館で竹山の津軽三味線ライブをやり、その後で集まっていただいた被災した方たちの体験談を聴く。その言葉を編んで、新しい津軽三味線の「口説き節（語り物）」を作りたい、というのが願いであった。

難しい作業であり、何年かかるかわからない。何年かかってもいいから、わたしは東北の声を聴き続けたいと素朴に思った。

岩手県の大船渡、釜石、陸前高田の仮設住宅や公民館を最初に回った。ライブのあとで残っていただいた方から、壮絶な体験をいくつも聴いた。家を流された人も流されなかった人も、誰もが神話のような物語に出会っている。その後、わたしたちの旅は、数々の東北民謡の発祥の地を訪ねることにつながっていった。

民謡という言葉は新しい。大正期から昭和初年代までは、「唄」と呼ぶのが普通であった。民謡大会は「唄会」であった。おそらく、それまで各地方ごとに伝承されてきた「唄」が、レコードやラジオの普及にしたがって全国に流れるようになってから、「民謡」という言葉が一般化したのではないだろうか。

民謡が「唄」と呼ばれていた時代、それをうたう人々の多くは、文字が読めなかった。なるほど！　と思ったのは、岩手県民謡「牛方節（南部牛追い唄）」の発祥の地と言われている葛巻を訪ねたときだった。

葛巻は江戸期から馬や牛の放牧地だった。牛方節は北上山地を越えて牛たちが塩を運ぶとき、葛巻出身の牛方たちが牛を追いながらうたった唄である。

「田舎なれどもエ／南部の故郷《くに》は／西も東もエ／金《かね》の山／（コラサンサエー）」

南部藩は田舎だが、どの山からも砂金が採れる、ということを誇った歌詞だ。しかしなぜ「金」

を「きん」とも「こがね」とも読まずに、「かね」と読むのだろう。

二代目竹山によると、初代は昭和初年代にこの地方を牛方たちと一緒に歩いて「牛方節」を習ったという。葛巻でこの歌詞の意味を地元の人たちから教わっていたとき、二代目はこんな初代の解釈を紹介した。

牛たちが山道を歩くと、そのまわりに無数のアブやハエが群がった。その羽音は、「ゴォーン、ゴォーン」と、まるでお寺の鐘の音のように聴こえたという。だから、「西も東も金《かね》の山」というのは「鐘《かね》の山」のことだというのだ。これが口頭伝承で牛方たちから、半盲目で文字が読めなかった初代竹山に伝えられた解釈であった。

わたしたちは伝承民謡を文字でだけ解釈しようとする。しかし、昔の人は言葉の音で解釈していた。そこに生活感や濃密な風景を詰め込んだ。「金の山」を「砂金の山」とイメージするのも、「鐘の山」とイメージするのも、どちらもロマンがあって、面白い。

初代竹山が昭和初年代に耳で覚え、いまは岩手県に残っていない「牛方節」の歌詞がある。二代目竹山は次のようにうたう。

「牛《ベコ》よ／けっぱれでゃエ／この坂ひとつ／この坂越えればエ／楽になる／（コラサンサエー）」

「けっぱれでゃエ」は「頑張れ」という方言。山道の難所に差しかかったとき、アブやハエの音に包まれながら、「この坂ひとつ」と励ます牛方たち。初代竹山の「西も東も鐘の音」の解釈が生きるのは、こういう歌詞に続くからだ。お寺の鐘の音に包まれて、ベコは聖なる動物になる。

東北民謡を聴き続けていると、民謡というのは「予祝」の唄である、ということがよくわかる。「この坂越えればエ／楽になる」と声に出してうたうとき、それが必ず実現する。そのように「予祝」して、活力を生む。それが声のマジカルパワーというものだろう。

「松島のサーヨーオ」で始まる宮城県民謡「斎太郎節」は、「大漁だェー」と続くが、大漁を唱えることによって、まだ大漁にはなっていないが、やがてやってくる大漁を呼び込もうとする。昨日がそうであったように今日もあり、そして将来も同じようにあるだろうと、あらかじめ祝うのが「予祝」である。

東北の各地を回っていて、被災地の人々が民謡を聴いたとき、あれほど海に痛めつけられたのに海を讃える唄をうたうことを望み、手拍子を打ち、自然と唱和の声が広がるのを目にしたとき、その土地が育んできた民謡の、現代音楽としての力に感嘆した。土地が失われても、その土地が育んだ唄があれば、失われたものは甦るだろう。

どこへ走るのか　震災後の表現の行方

東日本大震災の以前と以後で何が変わったのか。

詩歌に関して言えば、絶えず言葉が試され続けているということだ。詩や歌を書いても、書かなくてもいい。ただ、表現者の位置に立つ限り、言葉は試されている。

わたしたちは何に試されているのか。過去から、未来からだ。現在、この国に浮かぶ膨大な死者の霊に試されている。これから生まれてくる子どもたちにも試されている。このことの実感を持つかどうか、そのことも試されている。

＊

二〇一一年夏、小さな湾に浮かぶ牡蠣の筏を見に、二度気仙沼を訪れた。三月十一日の地震と大津波で筏はすべて海の底に攫《さら》われ、漁師たちの家も壊滅したが、数ヵ月経って筏は少しずつ海に浮かぶようになった。筏に新たに吊るされた牡蠣の稚貝も成長しだした。魚が戻ってきた。海は壊れていない、と牡蠣養殖業の人は言った。しかし、湾岸の漁師たちは、この一年間は漁のための定置網を海に仕掛けない。それが不文律だという。

「あれ、あそこを見てください」と、船の上で海上を指さして、牡蠣養殖業の人は言った。遠くに白いものが浮かんでいた。「このあたりには行方不明者が五百人近くいます。今日のように台風が近づくと、海の底が巻き上げられて死体が浮かぶのです」

＊

「洪水神話」は、『旧約聖書』の「ノアの方舟」を待つまでもなく、中国や東南アジアの国々には共通して成立している。日本のイザナギ、イザナミの神々の物語も、洪水神話のひとつである。原始混沌の時代、国土は魚のように水の上に浮いていた。

東北地方の太平洋沿岸は、いったん神話の世界へ押し戻されたように思う。地盤沈下はいまも進み、高潮になると海岸べりの土地は、瓦礫と化した家々を載せたまま海水に沈む。魚市場も海水に浸かる。

福島では、そこに生きていた人々がいた、という形跡を残したまま、放射能汚染によって、立ち入ることができない国土が生まれた。森の樹木や草花、鳥たちも、獣たちも、放射性物質にさらされながら生きている。それはどんな物語＝神話を生むのか。

＊

ジェノサイド。大量殺戮の意味だが、このことが恐ろしいのは、誰か死に、誰が生き残ったか、ということに合理的な説明がない、ということにある。東日本大震災は地震と大津波という自然災害の上に、福島第一原発のメルトダウンという人災によって、ジェノサイドと同じ現実を生み出した。

＊

かつての阪神淡路大震災のあと、永田耕衣は次のような句を生んだ。

白梅や天没地没虚空没

わたしは東北地方を車で走っていたとき、「虚空没」という言葉を何度もつぶやいた。大津波による破壊と、いまも続く見えない放射能汚染の恐怖によって、わたしたちのまわりの何かが没し続けている。いや、あるいは新たな「虚空」こそが生まれたのかもしれない。またもうひとつの耕衣の句。

枯草や住居無くんば命熱し

その枯れ草にさえも放射性物質が溜まり、それを食べた牛たちが大量殺戮される。福島県の緑豊かな樹木に囲われた農家の牛小屋に、牛たちはいなかった。枯れ草を見つめても、「命熱し」と言えなくなったわたしたちがいる。

*

もはや、すでに手にした表現技術によって、あるいはその技術に頼ることによって、詩歌の世界に安住することができない。わたしたちは素手で言葉に向かう、ということが求められているのではないか。本能と言い換えてもいい。

*

平泉にある中尊寺の金色堂は、浄土の世界をこの世に見るという趣旨で、奥州藤原氏によって十二世紀初めに作られた。金色堂に阿弥陀如来は三体。夏の蟬の声を聴きながら、わたしはその仏たちを見つめているうちに、彼らが猛烈な勢いで走っていると思った。いや、三基の須弥壇の上に乗っている阿弥陀如来たちは、正面からではなく斜めに見たとき、雲に乗って前方へ走っているように作られているのだ。いま、彼らはどこへ走るのか。

三月という残酷な月

二〇一二年三月

あれから一年が経ったのか。東日本大震災から、もう一年？　というふうにはならない。何という長い恐ろしい一年だったことだろう。そしてまだ問題は何も片づいていない。東北の復興は遅々として進まず、原発による放射能汚染の問題は、いまだ危機のさなかにある。日本の三月は残酷な月である。

去年の三月十一日、わたしは自宅で大きな揺れに逢ったあと、書斎の棚から落ちた本の整理もしないまま急いで家を出た。夕方までに行かねばならない場所があった。第四十一回高見順賞の授賞式がその日の午後六時から都内のホテルで開催される予定だった。大阪の在日詩人である金時鐘さん（一九二九―）が受賞した。わたしが二十代のときに出会った大先輩の詩人である。

いまはその地名がなくなったが、大阪市内の一角に、「猪飼野」という在日朝鮮人たちが多く住んでいる地区があって、かつて金さんはそのなかを案内してくれた。そこに住む若者たちを紹介してくれた。半島から密入国してくる人間、いつのまにか日本からいなくなる人間。猪飼野地区は日本の統治権が及ばない別の国だった。かつてこの地区では、日本への半島からの亡命や、逆に半島の政治的な理由による日本からの拉致は、日常茶飯だった。国境はあってなきがごとくだった。たどたどしい日本語をしゃべる青年と出会って、いつから日本に？　と聞くと、一週間前、玄界灘を船で渡って密入国してきた、と平気で言う。北朝鮮と韓国と、反撥するふたつの国それぞれが、この地区に政府に似た組織を作り、文化行政もコントロールしていた。

二十歳のときの金さんは、済州島での四・三事件（一九四八）のあと、母親が持たせてくれた煎り豆を抱えて、船の底に潜り込んで密入国してきたのだった。済州島に残った両親とは、それ以来、二度と会えなかった。金さんが在日詩人となって以降、朝鮮総連が彼の発表した詩を認めず、長く詩の発表を禁じられた。十年あまり後、金さんはそれまで金庫に隠していた詩の束をまとめて、第二詩集『新潟』（一九七〇年八月、構造社）を出した。その金庫をわたしは金さんの家で見た。小さな金庫だった。火事になっても自分の詩を守りたかったのだ。わたしの第一詩集『死者の鞭』は、その金さんの詩集の二ヵ月前に、同じ出版社から出た。

詩の大先輩である金さんとは、日本と朝鮮の政治や文化の違いについて、詩の言葉の選び方について、意見の異なるときは遠慮なく言いあった。わたしより二十歳近くも上だが、金さんは本気になってわたしとつきあってくれた。

日本の詩壇は在日詩人の仕事を長く認めてこなかった。その金さんの仕事を、昨年初めて高見順賞の贈呈というかたちで日本の詩壇が認めた、ということになる。少なくとも「詩壇」なるものがあるとしてだが。かつてはあったが、そんなものはいつのまにかどこか曖昧な場所に日本的に消えてしまった、というのがわたしの印象なのだが。

わたしが家を出るとき、テレビは三陸地方を襲う津波の様子の動画を、ヘリコプターからの映像で流していた。日本はどうなるのだ。言葉を失ったまま、家を出た。電車もバスも、すべての交通機関がストップしていた。タクシー乗り場も長蛇の行列だった。しかし、どうしても行かねばならない。授賞式は中止になるだろうが、金さんがもし来れるのなら会いたい。そして、今後どうするかを事務局の人とも相談しなければならない。わたしは高見順賞を主催する高見順文学振興会の理事をさせられていたのである。理事と言っても、事務局のお手伝いである。

電車でなら、授賞式のある会場のホテルまでは四十分ほどで行ける。何時間かかっても歩いていくか？　そう考えながら大通りを歩いていると、たまたま空のタクシーが通りかかった。わたしは道の真ん中に出て、車の前で両手を横に広げて止めた。どうしても乗せてほしい、と言うと、燃料が少なくなっているので無理だ、と言われた。かまわない、行けるところまで行って欲しいと頼み込み、無理矢理乗り込んだ。

優秀な運転手さんで、ナビを見て高速は閉鎖、幹線道路はすべて渋滞であることを確かめ、細い路地から路地へ、抜け道を探しながら都心へ向かった。子どもたちが防災用の頭巾を被りながら、嬉しそうに先生に誘導されて家に帰る風景がそこかしこに見られた。歩いている人はみな携帯電話を耳にあてていた。すでに通じなくなっていたが、かけ続けていると偶然つながることもあるのだ。

わたしも車中で携帯を耳にあて続けていた。どこにかけてもつながらなかった。突然、神戸に住む大学時代の友人である詩人の季村敏夫氏から、電話がかかってきた。彼は金さんと一緒に、詩の同人誌をやっていたのである。「やっと通じた！」と彼は言った。「授賞式に出ようと思ったが、名古屋で新幹線が止まった。しかたがない。これから神戸に戻る。金さんはもう少し早く出たはずだ。いまごろ、どこかで新幹線の車内に閉じ込められているだろう」という連絡だった。

午後七時過ぎ、やっと皇居近くに出た。国会議事堂の前の交差点は車が渋滞し、身動きが取れない。交通整理をする警官もなすすべがなかった。四方からやってきた車が、遮二無二、前に出ようとして交通法規を無視する状態は、まるでネパールのカトマンズの渋滞とそっくりだった。しかし、どの車も警笛を鳴らさない。こんなとき、北京や上海、むろんカトマンズでも、警笛の音がうるさくてしかたがないのだが。

しかし、静かなのはかえって不気味で、皇居を一周する歩道の幅いっぱいに、帰宅難民となったサラリーマンたちが大勢歩き、その多くがヘルメットを被り、携帯電話を耳にあてたまま黙っている。夜が近づいても街頭は点灯せず、黒いシルエットになった日本人の群れが静かに歩く姿を見ていると、「日本漂流」という言葉が浮かんだ。

そんな中でも、いつものように皇居一周マラソンをしている人はいるもので、わたしの乗ったタクシーが渋滞のなかをじりじりと進んでいる最中、ランナーたちは、いつもの歩道は走れなくなっているので、渋滞している車の間を抜けて走っていたのである。そこまでして走りたいのか、と感心した。ヘッドフォンをして走る日本人ふたり、外国人ひとりのランナーがいた。彼らは地球が滅びるまで、自分の健康維持のために走るのだろう。

この地域の渋滞を抜けるのに二時間かかった。そして午後九時頃、わたしは家から四時間以上かけて会場のホテルに着いたのだった。会場には事務局の川島かほるさんと、理事である吉増剛造さん、高橋睦郎さんがすでに到着していた。川島さんは地震が起こる前にホテルに着いていた。吉増さんと高橋さんは、それぞれホテルの近くで仕事があったので、歩いてくることができたのだという。金さんが横浜駅で新幹線に閉じ込められているという情報が入った。このまま新幹線が動くのを待って上京するということだった。

ホテルは時間が経つにつれて、帰宅難民たちの避難所になった。夜遅くになると、ロビーで寝る人には毛布が一枚配られ、握り飯一個とペットボトル一本が配給された。人々は黙ってロビーの大型テレビで、スクリーンに映し出される東北の惨状を見ていた。ときおり、ああー、と悲鳴のようなため息が漏れる。気仙沼湾に流れた重油に火がつき、火事が起こっていた。スクリーンは火の色で真っ赤だった。酒類の販売は中止になり、わたしたちは水ばかり飲みながら、金さんの到着を待った。

金さんと奥さんが会場に現れたのは、午前零時を過ぎた頃だったろうか。ドアを開けて入ってきた金さんの顔を見た瞬間、わたしは思わず手を握って、肩を抱きあった。金さんは「待っていてくれたのか！　これで、ササキミキロウには借りができた。一生、アタマがあがらんようになったなあ」と言った。わたしだけにではなく、待っていたひとりひとりにそういう言い方をするのが金さんなのである。

集まっていた十数人で、仮の授賞式をやった。花束贈呈があり、こんなときはお金だ！ということで、賞金をお渡しした。賞状は今後、正式の授賞式のときにお渡しする、ということになった。そして、いまでも忘れられないのは、わたしたちは酒類が禁止になったホテルで乾杯をしたのだった。金さんが新幹線の車内で飲んでいたという焼酎が、ボトルの底に五センチほど残っていたのである。それを紙コップに少しずつ分けて、全員で乾杯をしたのだ。受賞者持参の酒を飲むという前代未聞の深夜の仮授賞式だった。なんとはなやかな笑いに包まれたことだったろう。

高見順文学振興会の三木卓理事長は、鎌倉から新川崎まで出てきたところで大震災に会った。駅構内のコンクリートの床で配給された毛布一枚にくるまり、寒さに震えながら一晩を過ごしたという。持病があって、もともと身体が悪いのに、三木さんはこの日から体調不良が続くようになった。

それから一年、今年の三月十六日に第四十一回と第四十二回高見順賞の合同授賞式が同じホテルであった。第四十二回の受賞者は辺見庸さん（一九四四―）だった。辺見さんは芥川賞受賞の小説家であり、散文作家としても有名だが、詩集は二冊目である。一冊目の詩集は昨年、詩の新人賞である中原中也賞を受賞している。石巻出身の辺見さんはこの一年間、「言葉が人間を見はなしたのだ」と言い、直接震災には触れないが、震災後を生き延びる詩を書き続けて二冊目の詩集を出した。

金時鐘、辺見庸という、それまで日本の詩壇なるものから遠くにいて、詩や詩人たちを強烈に批判し、挑発してきたふたりが連続して高見順賞の受賞者になったというのは、偶然だろうか。いや、衰退しつつある日本の詩が、外部からの刺激をあがきのように求めた結果だろう。そして3・11があってこそ、このふたりが並ぶ奇跡的な授賞式が成立したのだった。

この合同授賞式の前日、三木卓さんは入院し、式には出席できなかった。3・11は三木さんの身体を苦しめ続けたのである。

式は、東北の死者の霊に捧げる黙禱から始めることになった。辺見庸さんの発案である。わたしは三木さんの代理で、会場の人たちに黙禱を呼びかけた。

「わたしは恵まれた人間です。二回も授賞式で祝っていただけるとは、高見順賞の歴史のなかで、これまでも今後も二度とないことでしょう」と金さんは挨拶のなかで笑わせた。そして「東北の二万に近い死者たち、死滅した植物たち、放射能汚染で殺された一万数千頭の牛たち、殺された十万頭以上の豚たちを追悼したい」と続けた。

辺見庸さんは、「わたしがこの世でいちばん嫌いなのは、マスコミと確定申告と授賞式です」と言った。辺見さんは、昨年四月の中原中也賞の授賞式には出席しなかった。故郷の石巻の惨状を知って出ていけない、ということだった。

「しかし、今回、授賞式に出る気になったのは、尊敬する金時鐘さんにお会いできることを知ったからです」と言った。ほぼ四十年ほど前、辺見さんが共同通信の記者であったとき、金さんに大阪で会ったのだという。また、金さんの盟友の小説家、梁石日、金石範の名前を上げて、そのおふたりにも会場でお会いできるからです、と言った。

辺見さんは詩について語るとき、鮮烈な表現をした。

「言葉と言葉の間には死体がある。出来事がある。詩はそのことを忘れてはいけない」

記憶に残る、素晴らしいふたりの受賞挨拶だった。金時鐘に対して辺見庸。どちらかひとりが欠けたら、この歴史的な授賞式は成立しなかっただろう。

受賞式の翌日、わたしは都内の小さなライブハウスの舞台にいた。「東北を歌う——津軽三味線の世界」と題して、二代目高橋竹山とVOICE SPACEの邦楽組（箏のサワムラ・ユウジ、小鼓のイシイ・チヅル、尺八のワタナベ・モトコ）、長唄の成田涼子が組んだイベントの企画者として、解説と司会をしたのだ。主催は「3・11以後の歌と語りを考える「うたげの会」」。

文化人類学者や国文学者、中世思想史研究家、民俗学者や編集者とわたしが発起人で、昨年四月に専門分野が違う七人が集まって生まれた会だ。八十名定員の会場に約百二十名が詰めかけて、熱気があふれた。二代目竹山がうたう東北民謡がいかに力があるか、改めて知った。優れた民謡の歌手がうたう言葉と言葉の間には、辺見さんの言葉を借りれば、あきらかに民衆の死体が埋まっているのだ。出来事も風景も見えてくるのだ。

山小屋仲間の東京在住の友人たちが大勢、聴きにきてくれた。孀恋村からは床屋のナカザワさんとツリーハウスの棟梁トクさんが車で駆けつけてくれた。東北民謡で泣いた、と言った。

イベント続きの三月だった。これがわたしにとっての、生き急ぎ感じ急《せ》く大震災一周年であった。

鏡の上を走りながら

鏡の上を走りながら
夕陽を見た

海の匂いに満ちた
消えゆく雲を見た

コオロギの声に包まれて
白い満月を見た

船は丘の上で
錆びていく

もしもし　もしもし　わたしです
ここにいないわたしです

水のなかで
呼んでいるのは　わたしです

ことばということばが
透き通るように　消えていくのは
ことばが　わたしたちを見捨てたからだ
風が哀しみを奪ったからだ
魚の哀しみ　水の哀しみ　森の哀しみ
人という哀しみ
溶けることばを追って　生きている

忘れることなどできないから
はじまりのことばを　もとめて
うねうねの　波の上を走るのです

初出一覧

I

未来からの記憶　「現代詩手帖」二〇一二年三月号
（二〇一一年十一月二十六日に行われた「現代詩セミナーin神戸2011」の基調講演をもとに再構成）
遠い声にうながされて　「日本経済新聞」二〇一〇年七月十一日

II

ラッシュ・グリーン　「みすず」二〇一〇年七月号
白樺キャンドル　「みすず」二〇一〇年八月号
「雪山讃歌」とメロディライン　「みすず」二〇一〇年九月号
壁を塗る　「みすず」二〇一〇年十月号
秋の音　「みすず」二〇一〇年十一月号
民謡を作るということ　「みすず」二〇一一年三月号
ミステリアスなアイラ島　「みすず」二〇一一年四月号

III

祈りとエロスと生命力と　「現代詩手帖」二〇一一年五月号
明日　「みすず」二〇一一年五月号
国破山河在　「みすず」二〇一一年六月号
死者の魂を招くこと　「みすず」二〇一一年七月号
次郎よ、次郎の泣き虫め！　「みすず」二〇一一年八月号
言葉が人を動かす　「みすず」二〇一一年九月号
それでも、海は壊れていない　「嗜み」二〇一一年秋
「風のブランコ」と腐葉土を見つめて　「みすず」二〇一一年十月号
瓦礫の下から唄が聴こえる　「みすず」二〇一一年十一月号
声たち（大船渡市・下船戸）　「現代詩手帖」二〇一二年一月号
（二〇一一年十一月二十三日、「渋谷・サラヴァ東京」で開催の第六回「ことばのポトラック」にて朗読）
東北民謡を巡る旅　「日本経済新聞」二〇一二年五月二十日
どこへ走るのか　「歌壇」二〇一一年十一月号
三月という残酷な月　「みすず」二〇一二年四月号
鏡の上を走りながら　「嗜み」二〇一一年秋

著者略歴

(ささき・みきろう)

1947年奈良県生まれ．詩人．同志社大学文学部中退．2004年完結の『新編中原中也全集』(全5巻別巻1・角川書店)編集委員．2002-2007年，東京藝術大学大学院音楽研究科音楽文芸非常勤講師．詩集『死者の鞭』(構造社1970／国文社1976)『音みな光り』(思潮社1984)『蜂蜜採り』(書肆山田1991／高見順賞)『砂から』(書肆山田2002)『悲歌が生まれるまで』(思潮社2004)『明日』(思潮社2011／萩原朔太郎賞)，評論・エッセイ『中原中也』(筑摩書房1988／サントリー学芸賞)『河内望郷歌』(五柳書院1989)『カトマンズ・デイドリーム』(五柳書院1993)『都市の誘惑——東京と大阪』(ティビーエス・ブリタニカ1993)『自転車乗りの夢——現代詩の20世紀』(五柳書院2001)『アジア海道紀行——海は都市である』(みすず書房2002／読売文学賞)『やわらかく，壊れる——都市の滅び方について』(みすず書房2003)『パステルナークの白い家』(書肆山田2003)『中原中也　悲しみからはじまる』(シリーズ《理想の教室》，みすず書房2005)『雨過ぎて雲破れるところ——週末の山小屋生活』(みすず書房2007)『人形記——日本人の遠い夢』(淡交社2009)『旅に溺れる』(岩波書店2010)『田舎の日曜日——ツリーハウスという夢』(みすず書房2010)ほか．

佐々木幹郎
瓦礫の下から唄が聴こえる
山小屋便り

2012年10月29日　印刷
2012年11月 9 日　発行

発行所 株式会社 みすず書房
〒113-0033 東京都文京区本郷5丁目32-21
電話 03-3814-0131(営業) 03-3815-9181(編集)
http://www.msz.co.jp

本文組版 キャップス
本文印刷・製本所 中央精版印刷
扉・表紙・カバー印刷所 栗田印刷

© Sasaki Mikiro 2012
Printed in Japan
ISBN 978-4-622-07734-3
[がれきのしたからうたがきこえる]
落丁・乱丁本はお取替えいたします